궁극의
Ultimate
chef
쉐프

궁극의 쉐프 6

가프 장편소설

초판 1쇄 찍은 날 § 2016년 9월 1일
초판 1쇄 펴낸 날 § 2016년 9월 8일

지은이 § 가프
펴낸이 § 서경석

편집책임 § 조현우

펴낸곳 § 도서출판 청어람
등록번호 § 제387-1999-000006호
등록일자 § 1999. 5. 31
어람번호 § 제1-2517호

주소 § 경기도 부천시 원미구 부일로 483번길 40 서경B/D 3F (우) 14640
전화 § 032-656-4452 팩스 § 032-656-4453
http://www.chungeoram.com
E-mail § chungeorambook@daum.net

ISBN 979-11-04-90951-1 04810
ISBN 979-11-04-90796-8 (세트)

궁극의 셰프

Ultimate chef

가프 장편소설

FUSION FANTASTIC STORY

6

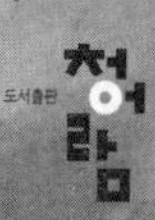

C O N T E N T S

1장	폴란드 명쉐프 스베뜰라나	7
2장	눈높이 요리사	43
3장	가장 한국적인 맛	71
4장	스파이스의 마법사	119
5장	진정한 강자(强者)	165
6장	천사의 손길	193
7장	황당한 오더	209
8장	심혈관에 길을 내라	255

궁극의 쉐프
Ultimate chef

1장

폴란드 명쉐프 스베뜰라나

〈Welcome!〉

〈오늘의 예약자 친룽, 장창삥!〉

“어때요?”

전자 현수막을 세팅한 세준이 물었다.

“죽이는데?”

장태가 엄지를 세워주었다. 드론에 매달린 전자 현수막은 정말이지 그 이용법이 무궁무진했다. 그 역시 세준 덕분이었다.

이제는 드론을 자유자재로 활용하는 세준.

그가 마음만 먹으면 손님 머리 위 30센티미터 높이로도 조종이 가능한 상태였다.

“형, 내 이름도 새겨줘 봐.”

숀리가 소리쳤다.

"자식, 네가 예약 손님이냐?"
"아, 그냥 한 번만 해주면 되잖아."
"좋아. 인심 쓴다. 뭐라고 찍어줄까?"
"엄마 보고 싶어요, 숀리!"
"……?"
"안 돼?"
"야, 그건……."
"그냥 해줘라. 우리 부셰프 부탁이잖아?"
장태는 숀리를 지지해 주었다.
"들었지? 빨리 찍어줘."
"아, 진짜 저 자식……. 그런다고 너네 엄마가 보냐? 얼굴도 모른다며?"
"얼굴은 몰라도 내 이름은 알 거 아냐?"
"네 이름 고아원에서 지어준 거 아니야?"
"아니거든."
"잘났다."
툴툴거리면서도 세준은 그새 숀리가 원하는 글자를 세팅해 띄웠다.
〈엄마 보고 싶어요, 숀리!〉
"됐냐?"
"몇 자만 바꿔줘."
"뭐야?"
"그럼 오늘 내가 형 몫까지 감자 벗겨줄게."
"너 진짜 약속한 거다."

"응!"

숀리는 의젓하게 고개를 끄덕였다. 장태는 그쯤에서 돌아섰다. 숀리의 마음을 다 확인하고 싶지는 않았다. 괜히 진한 샐러리를 씹은 듯 마음이 알큰해질 것 같아서…….

하지만 초황은 좁은 곳. 숀리의 마음은 안나가 중얼거리고 말았다.

〈기다리세요. 숀리가 꼭 엄마 찾아갈게요!〉

〈세상에서 제일 맛있는 피시앤칩스를 만들어가지고요!〉

한 글자, 한 글자를 읽어낸 안나의 눈에 눈물이 새큰하게 맺혔다.

안나…….

그녀도 같은 꿈을 꾸고 있는 걸까? 시리아 출신인 그녀였지만 아버지는 프랑스 대사관 직원이다. 대사관에서 잡일을 돕던 그녀의 어머니는 그 직원과 눈이 맞고 말았던 것. 하지만 그 사랑은 오래 가지 않았다.

프랑스 직원이 다른 해외 공관으로 발령이 나면서 영영 이별을 맞이한 것. 결국 안나의 어머니는 아버지 없는 딸을 낳고 말았다.

설상가상으로 아버지를 빼다 박은 안나. 그렇기에 시리아의 유년기에도 안나는 모진 차별을 받으며 자랐다. 그러다 반군과 테러 조직의 전쟁이 벌어지자 남편과 함께 보트 피플이 되었던 그녀. 그 와중에 남편을 잃고 뱃속의 아이도 잃었다.

하지만 그녀에겐 남은 혈육이 있었다. 바로 어머니였다. 시리아의 화염 속에 두고 온 어머니. 남편과 아이를 유산한 충격으로 어머니를 챙길 여유가 없었지만 이제 그만한 여유가 생긴 것이다.

'힘내요!'

장태는 속으로 중얼거렸다.

안나에게도 숀리에게도 똑같이 보내는 진실한 응원이었다.

끼익!

랍스터를 정성껏 손질하고 푸아그라 체크가 끝났을 때 브레이크 소리가 들렸다. 차는 한 대. 친룽의 롤스로이스였다.

"이어, 손 쉐프!"

친룽과 장창뻥은 차에서 내리기 무섭게 소리쳤다. 그들에게도 장태는 단순히 요리 잘하는 쉐프가 아니라 각별한 관계였던 것이다.

"오셨습니까?"

장태는 가게 앞까지 걸어 나와 두 귀빈을 맞이했다.

"엇, 저거 장 대표네 신제품?"

친룽이 드론을 보며 물었다.

"예, 손 쉐프 레스토랑이 대박 날 것 같기에 제가 선점을 했지요."

장창뻥이 소탈하게 웃었다.

"그럼 광고비 내야지? 손 쉐프네 레스토랑이 뭐 아무 드론이나 막 띄워도 되는 곳인 줄 알아?"

"왜 이러십니까? 손 쉐프하고 저하고 구두계약 끝났는데."

"무슨 구두계약? 내 앞에서 정식 계약서 쓰라고. 일 년에 한 100만 불 내놓는다고."

"그럴까요?"

장창뻥은 친룽의 농담을 다 받아주고 있다. 나이는 차이가 나지만 서로 잘 통하는 사람들이었다.

"손 쉐프, 들었죠? 여기 100만 불 접수하세요."

친룽이 소리쳤다.

"알겠습니다. 일단 여기 앉으시죠."

장태는 메인테이블의 의자를 당겨주었다.

"흐음, 손 쉐프 테이블에 앉으면 이상하게도 설렌다니까."

친룽의 너스레.

"그건 저도 그렇습니다."

"우리 말이야, 내기 하나 할까?"

"무슨 내기요?"

"오늘 손 쉐프가 우리에게 무슨 요리를 내줄지 맞추는 거 말이야. 지는 사람이 식사비 내기. 어때?"

"좋지요."

"손 쉐프, 들었죠?"

친룽이 장태를 바라보았다.

"예, 그럼 저는 입 다물고 있겠습니다."

장태는 빙그레 웃으며 한발을 물러섰다.

"나는 말이야, 우리 손 쉐프가 랍스터를 준비했을 거 같아!"

"……!"

친룽의 말에 장태가 흠칫거렸다. 식재료의 하나를 정확하게 맞춘 것이다.

"내 생각에는… 거위나 칠면조, 오리 같은 걸 준비했을 거 같은데?"

"……!"

이번에도 장태, 휘청거릴 뻔했다. 장태가 준비한 메인이 바로 오리가 아닌가?

"그렇게 광범위하게 하면 반칙이야. 한 가지만 찍으라고."

"그럼 저는 그냥 조류로 가겠습니다. 그 정도면 합당한 거 아닙니까? 쉐프?"

장창뻥은 장태에게 판정을 돌렸다.

"무승부십니다. 바닷가재와 오리가 제가 준비한 주재료들이거든요."

장태는 바로 판정을 내려주었다.

"으아, 말도 안 돼! 그럼 내가 이긴 거잖소? 장 대표는 두루뭉실 맞춘 거니."

친룽은 애정 어린 항의를 늘어놓았다.

"그렇긴 한데 진짜 메인이 오리거든요. 그래서……."

"뭐 쉐프가 그렇다면야……."

친룽은 어깨를 으쓱하는 것으로 항의를 끝냈다.

"그럼 담소 나누시면서 잠시만 기다려 주십시오."

장태는 가벼운 인사를 남기고 주방으로 돌아왔다.

〈허브를 올린 아보카도 무슬린과 랍스터〉

선홍빛 토마토 소스를 흰 접시 위에 살짝 붓고 그 위에 아보카도 무슬린을 놓았다. 무슬린은 무스를 고형화시킨 것. 다음으로 자리한 게 바로 랍스터의 살. 빨간 껍질 안에서 수줍도록 흰

살을 드러낸 랍스터 위에 살짝 말아낸 허브를 올렸다. 마지막으로 슬라이스로 썰어 구워낸 토마토를 올리고 그 위에 버터로 불맛을 입힌 문어오림 꽃을 올림으로써 첫 주자의 단장이 끝났다.

흰 접시—빨간 토마토 소스—초록 아보카도—빨갛고 흰색의 랍스터—녹색의 허브—검붉은 토마토 구이 장식. 아이 주먹만 한 크기인 첫 요리 주자는 보기만 해도 침이 넘어갈 색의 조화로 테이블을 차지했다.

"와우!"

친룽이 먼저 감탄사를 작렬.

"아보카도의 깊고 깊은 담백함에 더해지는 랍스터 속살 맛……. 거기에 아련하게 가미되는 허브와 토마토의 맛이라니……."

두 사람은 앞서거니 뒤서거니 만족함을 드러냈다. 이 요리의 핵심은 아보카도의 신산한 맛과 아우러지는 랍스터의 맛이 포인트. 두 사람은 그 맛을 제대로 느낀 모양이었다.

두 번째 주자는 푸아그라 버섯 퀴레.

제철 버섯의 색감을 고스란히 살려내 굽고 푸아그라를 더해 또 한 번의 버섯층을 올린 후 처빌을 놓고 마지막을 들깨 부각으로 마무리. 푸아그라에는 고유의 기름을 듬뿍 더해 굳혀 친룽과 장창뼁의 식성을 고려했다.

하지만 그게 백미는 아니었다. 이번 요리의 포인트는 바로 접시 바닥에 그려놓은 소스. 진한 초록색 접시 위에 그려진 문양은 친룽이 바로 알아보았다.

"맙소사, 이거 랑골리 아닙니까?"

"대표님의 행운을 위해 흉내내 보았습니다."

"어이쿠, 이렇게 고마울 데가……."

"랑골리가 뭐죠? 무슨 문양 같은데?"

장창빵이 접시를 바라보며 물었다. 접시의 문양은 그 하나로 예술이었다. 원과 점, 색을 이용한 문양은 동심원처럼 우아하게 반짝거리고 있었다.

"이게 바로 인도의 전통 장식 문양이라네. 건강과 안녕을 기원하며 새기는 건데 색상과 패턴도 아주 다양하지."

친룽은 핸드폰을 꺼내 다른 사진을 보여주었다. 거기에는 더욱 다양한 랑골리가 들어 있었다. 색상도 정말 빨주노초파남보로 다양하기 그지없었고 흡사 무슨 추상화의 세계를 보는 것만 같았다.

랑골리…….

인도의 대표적 문양의 하나.

그것만으도 이미 친룽은 무장해제를 당한 후였다. 그는 차마 그 소스를 찍지도 못했다. 행여나 문양이 망가질까 조심조심……. 그러면서도 입으로는 연신 풍후한 맛의 입김을 밀어냈다.

푸아그라에서는 그 어떤 잡내도 나지 않았다. 제철 버섯의 식감은 더욱 좋았다. 그보다 더 좋은 건…….

아사삭!

들깨부각이었다. 소리부터 정신을 홀린 부각은 입안을 평정해 버렸다. 고소함의 폭풍 뒤에 이어지는 짜릿하고 깊은 향, 두 사람의 입맛에 딱 어울리는 소재였다.

"이건 이름이 뭐죠?"

장창뻥이 물었다.

"부각이라고, 코리아에서 가져온 재료입니다. 고소한 기름을 짜는 들깨의 꽃대인데 그냥 먹으면 향이 좀 강할 수 있지만 말리고 튀기는 과정에서 고소한 식감이 더해져 아주 그만이지요."

장태가 설명했다.

"우리 중국에도 비슷한 음식이 있는데 고소함은 비교할 수가 없군요. 정말이지 '헌 하오츠'입니다."

헌 하오츠!

무지 맛있다는 중국식 감탄사가 나왔다. 장태는 두 사람의 빈 잔에 하우스 맥주를 따라주고 물러섰다. 장창뻥이 놀랄 차례는 이제부터.

그 즐거움을 안고 장태는 다시 타오를 잡았다.

후웅!

장태 마음을 감지한 타오도 낮은 울림을 튕겨냈다.

북경오리구이 베이찡 카오야.

사실 재료와 레시피는 그리 복잡하지 않다.

〈재료: 오리, 해선장, 벌꿀, 오이, 파, 전병〉

재료가 준비되면 오리를 깨끗이 씻은 후에 끓는 물에 살짝 입수시켰다가 꺼내는 것으로 시작이다. 이때 흑후추와 로즈마리, 와인을 소량 첨가해 잡내를 잡고 불순물도 제거해 준다. 한국이라면 된장 한 숟가락으로도 오케이.

건져낸 오리의 물기를 제거한 후에 와인과 꿀물을 발라 냉장고에서 하룻밤 재워준다. 200도 오븐에 넣고 1시간 30분 정도 굽는다. 오리의 크기에 따라 약간의 시간을 가감한다. 껍질 색이 제대로 나도록 익으면 꺼내서 5분쯤 방치한 후에 썰어낸다.

간단히 돌아본 레시피.

하지만 쉐프들은 보통 자기만의 응용이 있다. 스승은 오리 안에 허브를 채워 넣었다. 그렇게 구워내면 오리살에 허브의 깊은 맛이 배어 풍미를 높인다.

물론 장태도 그 레시피를 참고했다. 다만 허브 안에 두 가지를 더 박았다. 바로 오리의 생간과 생황이었다. 핏줄을 제거한 생간과 생황을 푸짐하게 쑤셔 넣은 것.

나아가 아피키우스의 레시피를 접목했다.

아피키우스는 17세기의 로마의 미식가 아피키우스가 흠뻑 빠졌던 요리. 오리고기의 껍질을 캐러멜리제로 마무리하는 게 특징이었다. 재료를 캐러멜화시키면 벌꿀이 더욱 반질반질한 광택 효과를 낸다. 보기만 해도 깨물고 싶은 오리껍질…….

꿀꺽!

바로 군침 작렬이다.

그렇기에 이건 북경오리구이와도 잘 부합하는 레시피였다.

마지막은 버터와 스파이스의 조화였다. 회향과 팔각, 레몬그래스의 조합을 마친 스파이스에 붉은 후추를 더해 오리고기 전체에 뿌렸다. 그런 다음 버터가 고소하게 익었을 즈음에 오리를 꺼내놓았다.

"헐, 냄새 작살……."

세준의 코가 산돼지처럼 벌름거렸다. 숀리는 아예 냄새를 마신 상태에서 냉동인간이 되었다.

냄새…….

스파이스와 어우러진 버터, 그 아래서 묵직하게 뇌수와 미각의 뿌리를 흔드는 풍미는 침이 저절로 나올 정도였다.

'흐음…….'

냄새는 장태 코에도 들어왔다.

'맛있겠다.'

꿀꺽!

장태까지도 침을 넘기지 않을 수 없는 요리였다.

이번에는 장창뻥을 위한 요리였으므로 붉은 접시를 선택했다. 그 위에 암갈색 마데이라 소스와 하얀 크림 소스로 모양을 새겼다. 그리고 중심부에 양상추와 파슬리로 자리를 잡은 후 오리를 저미기 시작했다.

숀리와 세준은 거기서 정신이 번쩍 들었다.

전광석화!

이따금 보이던 장태의 절정이 거기 있었다. 오리고기가 채 식기 전에 접시에 플레이팅을 마친 것이다.

"티안 아, 샤오슝마오?"

접시를 받아 든 장창뻥. 눈이 휘둥그레지며 중국어 감탄사를 쏟았다. 접시에 그려진 건 판다의 얼굴이었다. 흰 얼굴과 검은 귀, 그리고 눈두덩이……. 그건 누가 보아도 판다가 분명했다.

"이야, 아까는 인도의 멋을, 이번에는 중국의 멋을……."

친룽이 웃었다.

"일단 맛을 보시죠."

장태는 요리를 권했다. 플레이팅은 요리의 즐거움을 더하는 수순에 불과하기 때문이었다.

"흐음……."

각기 한 점씩을 입에 문 두 사람. 똑같은 표정으로 고개를 저었다. 저절로 감긴 눈에 은근하고도 느긋한 미소. 저 입안에서 어떤 느낌이 몰아치는지 말하지 않아도 알 일이었다.

"이거… 마치 참치처럼 그냥 녹아버리지 않습니까?"

친룽이 소리쳤다.

"최고의 북경오리구이는 바삭 소리와 함께 녹아버리지요. 제가 껍질을 좋아하는 것까지 알고서 껍질 위주로 저며 주셨군요."

장창뼁은 연신 흐뭇한 표정을 지었다. 그러면서 전병은 쳐다보지도 않는다.

"후아, 이 깊은 맛과 더불어 이 고소함… 오리고기의 야성미가 후각을 창으로 찌르는 것처럼 청량하잖아?"

"그냥 굽기만 한 게 아닌 거 같죠?"

"그렇군. 은은한 허브향에 심연까지 울림을 주는 이 깊은 고소함……."

둘은 번갈아가며 몸서리를 쳤다.

"오리 속에 간을 푸짐하게 넣었습니다. 그게 익으면서 오리고기 전체에 담백함을 물들여 버린 거죠."

장태가 웃으며 설명했다.

"그렇지, 역시 뭔가 달라도 달랐다니까."

친룽은 궁금증이 풀린 듯 고개를 끄덕였다.

"껍질만 드실 거면 이 부각을 가끔 먹어주시죠. 그럼 입안이 다시 개운해질 겁니다."

장태가 내민 건 진한 크림소스에 올려놓은 매콤한 고추부각이었다.

아삭!

고추를 물고 음미하던 장창삥, 맛이 신기한 듯 눈알을 뒤룩거렸다.

"부드러운 크림 안에서 팍 튀어나오는 매콤한 맛……. 진짜 오리기름의 잔맛을 싹 몰아내 주는군요."

"내 말이!"

두 사람은 먹는 과정에서도 죽이 척척 맞았다.

"그럼 드시고 계십시오."

장태는 다음 요리를 위해 가슴살을 챙겨 들고 주방으로 향했다. 그것을 튀겨낸 장태, 태운 간장에 비며 몇 점을 만들었다. 그런 다음 주인에게 따로 챙겨왔던 오리 심장 역시 가지런히 칼집을 넣어 튀겨냈다.

오리심장!

심장 위로 도수가 높은 술과 함께 꼬냑을 몇 방울 떨구었다. 그런 다음, 그 위에 불을 붙여 버렸다.

화아악!

불길이 타는 채로 요리가 테이블에 올랐다.

"이야, 이건 진짜 오랜만에 보는 오리 심장구이?"

장창삥이 소리쳤다. 그만큼 반가운 눈치였다.

"오리 살도 따로 조금 마련해 보았습니다. 오리 간 맛이 풍후하게 배었을 것이니 별미가 될 것으로 봅니다."

장태의 설명 같은 건 더 필요 없었다. 두 사람이 완전하게 요리에 빠졌기 때문이었다. 둘은 서로 질세라 심장을 먹고 살점을 집었다.

얌냠짭짭!

식사 예절을 아는 사람들이라 그런 소리는 나지 않았지만 표정에서 알 수 있었다. 둘은 아이처럼 신나게 접시를 비워댔다.

두 마리의 요리와 푸짐한 심장은 이제 흔적도 남지 않았다.

'고맙습니다. 맛나게 먹어줘서…….'

둘을 바라보며 장태는 고요하게 웃었다. 진심이었다.

정성을 다한 요리를 정성을 다해 먹어주는 사람. 쉐프에게는 그보다 예뻐 보이는 사람이 없었다.

마무리는 달콤새콤한 파나 코다로 끝맺었다. 이탈리아 푸딩으로 불리는 파나 코타를 절임 과일 두 가지에 더해 담아낸 것. 풍후한 맛의 테이블을 마무리하는 데 손색이 없는 구성이었다.

"쉐프!"

마지막 푸딩을 쪽 빨아낸 친룽이 장태를 바라보았다.

"말씀하시죠."

"진짜 잘 먹었습니다."

친룽은 벌떡 일어나 꾸벅 인사까지 곁들였다.

"어, 새치기 하면 어떡해요? 내가 먼저 인사하려고 했는데. 북경오리구이, 진짜 판타스틱했습니다. 아마 제가 먹어본 것 중에서 최고였을 거예요. 소동파의 말을 빌리자면 천계(天界)의

옥찬(玉饌)이라, 일사(一死)를 불사할 맛이었어요."

장창뼁은 세워준 엄지를 거둘 줄을 몰랐다.

"조금 아쉽군요. 지난번에 못 드시고 가신 피시앤칩스도 맛보여 드릴 생각이었는데……."

"그건 다음으로 미루죠. 정말 먹고 싶지만 요즘 자꾸 똥배가 나와서……."

장창뼁이 웃었다.

"두 분이 열린 마음으로 먹어주시니 그 마음 때문에 옥찬이 되었던 것 같습니다. 즐겁게 드셨다니 저도 뿌듯하군요."

장태는 두 손님의 마음을 기꺼이 받았다.

"아무튼 손 쉐프 요리 먹을 때마다 행복하면서도 걱정이 앞섭니다."

장태를 바라보는 친룽.

"무슨 말씀이신지……."

"이러다 문전성시 이루어서 우리가 못 올까 봐 그러는 거죠. 어제도 대박 났지요? 방송에서도 떠들썩하던데……."

"에드아르 선수 말이로군요?"

"그 후로 예약 엄청 늘었죠?"

"그렇긴 합니다만 어차피 많은 손님을 받을 수 없어서 필요한 분들만 가리고 있습니다."

"필요한 사람의 기준은?"

"죄송하지만 요리를 즐기려는 분들보다는 제 요리가 꼭 필요한 분들 중심으로……."

"로버트 회장님처럼?"

"예."

"어이쿠, 이렇다니까. 그러니까 장 대표나 나처럼 무식하게 먹어대는 사람은 그 기준에 안 드는 거 아닙니까?"

"두 분은 제 인생에서 예외니까 걱정하실 거 없습니다."

"그거 계약서로 써주세요. 그래야 마음이 놓이겠습니다."

친룽은 손바닥을 내밀며 웃었다.

"듣자니 그분은 월요일의 테이블을 얻었다면서요?"

장창뼹이 친룽을 보며 물었다.

"그렇다더군. 우리도 목요일의 테이블을 독점할까?"

"저야 대찬성이죠. 그런데… 로버트 회장님께서 사형수의 최후의 만찬을 부탁했다는 말은?"

"그걸 해낸 것도 여기 손 쉐프잖나? 덕분에 로버트 회장님이 아주 손 쉐프 신도가 되었다네. 그렇죠? 손 쉐프?"

친룽은 너털웃음 터뜨렸다.

"과찬이십니다. 그저 마음을 다해 한 끼 식사를 준비해 드린 것뿐입니다."

"하긴 손 쉐프라면 가능할 겁니다. 그 사람 마음에 딱 드는 요리를 내오니 부러지고 깨진 고질병이 아닌 다음에야 효과가 없을 리 없지 않습니까?"

듣고 있던 장창뼹이 가만히 고개를 끄덕거렸다.

인정!

그의 온몸은 그렇게 말하고 있었다.

"그러게 말이야. 그런데도 손 쉐프 능력을 폄하하는 사람들이 있으니……."

"아, 그거 가져오셨습니까?"
"뭐 가져는 왔는데……."
친룽이 말을 더듬었다. 둘 사이에 뭔가 일이 있었던 눈치였다.
"그럼 손 셰프에게 줘보시죠. 잘하면 그 인간 코를 눌러줄 수 있지 않습니까?"
"아니야. 괜히 그런 인간의 장단에 놀아날 필요가 있나?"
친룽은 고개를 저었다. 그때 장태가 끼어들었다.
"무슨 일이신지?"
"별일 아닙니다."
고개를 젓는 친룽.
"실은 우리가 점심 때 비즈니스 때문에 거래처 CEO를 만났거든요. 그분이 최고로 꼽는 셰프를 만나 이야기를 하다가 손 셰프 얘기가 나왔는데 엉뚱한 제의를 해와서……."
친룽 대신 이야기를 받은 건 장창뼁이었다.
"어떤……?"
장태가 다시 물었다.
"기왕 말 나왔으니 보여주시죠. 그 사람이 얼마나 어이없는 사람인지……."
장창뼁의 시선이 친룽에게 향했다.
"아, 사람 진짜. 말도 안 되는 수작을 가지고……."
친룽은 여전히 정색이었다.
"괜찮습니다. 장 대표님 말대로 어차피 화두에 오른 말 아닙니까? 다른 셰프가 한 말이라면 저도 궁금하기도 하고요."
"그럼 그냥 보기만 하고 버리세요. 나도 모르는 사이에 받았는데 괜히 안 버리고 와서……."

친룽은 그제야 주머니에서 작은 상자를 꺼내놓았다.

플라로 먹는 크레프!

플라는 한국으로 치면 반찬 삼아 먹는 요리. 그 안에는 쉐프의 취향에 따라 여러 가지가 들어 있을 수 있었다.

"우리가 저녁에 손 쉐프에게 간다니까 이걸 건네요. 이걸 맞추면 자기가 손 쉐프 무조건 인정하고 손 쉐프와 우리에게 최고의 요리로 한턱을 내겠다고……."

"……?"

내용물 맞추기.

그건 요리학교에서도 심심찮게 일어나는 일이었다. 뿐만 아니라 스승 역시 세계를 주유하면서 그런 일을 겪었다.

"누군지 재미난 분이로군요."

"악의적이죠. 그게 말이나 됩니까?"

"아뇨. 크레프 안에 뭐가 들었냐, 뭐 그런 류의 내기는 쉐프들이 가끔 재미 삼아 하기는 합니다."

"쉐프, 그게 아니라 그 사람이 원하는 건 스파이스입니다."

'스파이스?'

"그걸 먹어보고 어떤 스파이스가 들었는지 맞추라는 거예요."

"……?"

스파이스라고?

그렇다면 재료를 맞추는 것과는 많이 달랐다. 스파이스는 셀 수도 없이 많은 것. 더구나 몇 가지를 조합했다면 냄새가 섞이고 흐려져 가장 강한 맛만 부각될 수도 있었다.

"악의적인 거 맞죠. 그 스베뜰라나라는 인간……."

"예?"

낯익은 이름 하나에 장태가 파뜩 고개를 들었다.

"아세요? 스베뜰라나 쉐프?"

"혹시 폴란드 출신의?"

"맞아요. 얼마 전에 폴란드에서 왔다고 하더라고요."

"……!"

장태는 잠시 날숨을 잊었다.

오 마이 갓.

스베뜰라나.

폴란드의 대표적인 쉐프의 한 사람. 스승이 한 번은 겨루길 원하던 쉐프의 이름이 아닌가?

"그분이 지금 어디 있는 거죠?"

"벨라지오 호텔에 초빙 쉐프로 와 있다더군요."

맙소사!

벨라지오라면 스승의 만들레이 베이와 지척에 있는 호텔이었다.

"아무튼 이건 저희 결례였습니다. 그냥 버렸어야 하는 건데……."

친룽의 손이 상자의 뚜껑을 닫으려 할 때, 장태가 그 손을 막았다.

"쉐프……."

"한번 맞춰보죠."

장태는 천천히 크레프를 집어 들었다. 그러자 친룽과 장창뼁의 시선이 벼락처럼 집중되어 왔다. 그건 마치 카지노에서 패를 엿보려는 눈빛과도 다르지 않았다. 빅게이머들의 빅 매치, 딱 그런 판처럼.

후우!

가만히 숨을 고른 장태가 크레프를 코 가까이 가져갔다. 시향을 하듯이 크레프에 배인 스파이스를 신중하게 음미하는 장태. 그런 다음, 떨리는 손으로 크레프의 배를 갈랐다. 순간, 장태의 심장이 짜릿한 흥분으로 펌프질을 하기 시작했다.

스베뜰라나!

스승의 수첩에서 보았던 다섯 쉐프 중의 한 사람. 그 사람이 만든 요리가 거기 있었다.

하지만!

"……!"

장태의 눈빛은 바로 스러졌다.

맙소사!

소리 없이 이어진 장태의 탄식은 맙소사였다.

*　　　*　　　*

스베뜰라나!

그가 보내준 크레프를 맛 본 장태는 숨을 죽였다. 신중한 판단이 필요한 크레프였다. 그 안에 섞여 있는 건 아주 미묘하고 미세한 맛의 결합. 그건 일찍이 다른 쉐프들에게서 볼 수 없는 맛의 결정이었다.

뭘까?

저 깊고 깊은 심연에서나 겨우 감지되는 이 아련하면서도 여린 향…….

이런 스파이스.

뭐가 있을까?

장태는 한없이 신중했다. 어느 요리에서나 느껴지는 버터의 향…….

없었다.

후추나 샤프란, 정향과 바질도 아니었다.

심지어는…….

"……!"

젠장!

소금의 기세도 아련하기만 했다.

대체…….

대체 이 안에 든 건 무엇일까? 느껴지지 않다가도 겨우 혀끝에 걸리는… 감지될 것 같다가도 형상이 풀썩 사라지는 이 맛.

장태가 신중한 만큼 장창뻥과 친룽도 숨을 죽였다.

우물!

한 번 더 크레페를 문 장태. 오른쪽 왼쪽 혀와 연구개를 이용해 식감과 맛을 느끼다가 겨우 숨을 멈췄다. 그제야 감이 온 것이다.

후우!

"알아낸 겁니까?"

참다못한 친룽이 소리쳤다.

"잠시만요!"

장태는 손을 들어 보인 후에 주방으로 향했다. 거기서 즉석 크레페를 만들었다. 스베뜰라나가 만든 것처럼 버섯과 시금치가 들어간 크레프였다.

스파이스는 일부러 많은 것을 혼합했다. 그리고 복잡미묘한 그 맛 위에 홀리 블랜딩을 떨구었다. 홀리 블랜딩이었다.

"대표님!"

크레프를 포장한 장태가 친룽 앞에 섰다.

"궁금해 죽겠습니다. 맞춘 겁니까?"

친룽이 조바심을 냈다.

"아마……."

"역시!"

"대체 뭐가 든 거죠?"

장창뻥의 시선도 함께 따라왔다.

"그게 말씀드리기가……."

"예?"

친룽은 이해가 안 된다는 표정을 지었다.

"제 답은 이거입니다만……."

장태는 그제야 크레프를 내밀었다.

"크레프?"

"제 답은 그 크레프 안에 들었습니다. 하지만 전해주시기 번거로울 테니……."

"허어!"

친룽은 황당한 얼굴로 장태의 크레프를 바라보았다.

선문답!
쉐프와 쉐프가 나누는 선문답이 거기 있었다.
"그냥 말로 하면 안 되는 겁니까?"
친룽이 다시 물었다.
"말보다 그게 가장 정확한 답일 거 같아서요."
장태가 웃었다. 요리에 답하는 요리. 요리란 때로는 언어로 묘사하지 못할 복잡한 일들이 많았던 것이다.
"이야. 이거 무슨 교황의 비밀 서류를 배달하는 기분인데?"
크레프를 바라본 친룽의 표정이 묘하게 변했다.
"번거로우실 테니 그냥 버리셔도……."
"아닙니다. 어차피 내가 시작한 일이니 끝장을 보지요. 가는 길에 전하겠습니다."
친룽은 기꺼운 표정을 지었다.
두 사람은 500불씩을 치르고 갔다. 장태는 절반만 원했지만 그들 고집을 당하지 못했다.

"형!"
차가 멀어지자 세준과 쇤리가 다가왔다.
"아까 그거 뭐예요?"
궁금하긴 쇤리도 마찬가지.
"너희도 한번 맞춰볼래? 이 안에 어떤 스파이스가 들었는지?"
장태는 아직 남은 스베뜰라나의 크레프를 건네주었다.
"이 안에 든 스파이스요?"
쇤리가 물었다.

“응!”

“헤헷, 내가 할 수 있을 거예요.”

숀리는 용감하게 한입을 물었다. 그에 비해 세준은 좀 신중했다. 크레페 냄새를 맡은 후에 조심스레 한입. 하지만 둘은 결국 답을 맞추지 못했다. 온갖 종류의 스파이스와 허브를 찍어 말하느라 진땀만 뺀 것.

“그럼 뭐가 들었는데요?”

결국 두 손을 든 숀리가 장태를 바라보았다.

“나도 모르지.”

“쉐프!”

“답을 보냈잖니? 정답은 스베뜰라나 쉐프가 알 것이니 그가 어떻게 채점하는지 봐야지.”

장태는 벨라지오 호텔 쪽으로 시선을 돌렸다.

스베뜰라나!

그 이름은 아직도 장태의 가슴속에서 돌개바람을 일으키고 있었다.

두근!

어떻게 보면 거친 설렘이기도 했다.

“에이, 고양이나 줘야겠다.”

숀리는 남은 크레페를 들고 테라스를 나섰다. 그 발길은 장태가 막아섰다.

“주지 마!”

“왜요? 길고양이가 정말 우아해요.”

“알아. 나도 몇 번 봤거든.”

"그런데 왜요? 내가 몇 번이나 먹이를 줬어요. 그래서 매일 찾아오는 걸요."

"그래서 주지 말라는 거야."

"예?"

숀리가 고개를 들었다.

그 고양이. 숀리 말처럼 우아한 고양이. 그건 장태도 알고 있었다. 얼굴이 정말 기품 있게 생긴 길고양이였다.

"앞으로도 날마다 먹이를 줄 자신 있니?"

장태가 물었다.

"그건……."

"뭔가를 날마다 같은 시간에 한다는 건 굉장히 어려운 거야."

"……."

"그래서 주지 말라는 거야."

"쉐프, 하지만 고양이가 꼬리를 다리 위에 올리고 앉아 공손하게 나를 기다린다고요. 주인을 기다리듯이요!"

"그냥 고양이다운 자세일 뿐이야."

"예?"

"고양이의 바른 자세. 꼬리를 다리 위에 올린 건 꼬리를 보호하려는 본성 때문이야. 네 감정으로 해석할 거 없어."

"쉐프……."

"기름 묻은 크레프는 고양이 건강에 도움이 되지 않아. 게다가 네가 먹이를 주면 고양이는 날마다 너를 기다리게 돼."

"날마다요?"

"네가 깜박 잊으면 고양이는 너를 기다리다 굶게 될 거야. 그러니 고양이가 마음에 들면 가끔 시간이 날 때마다 그냥 놀아만 주면 돼."

"쉐프……."

"길고양이는 그들만의 방식이 있는 거야. 밥을 가져다주는 방식에 익숙해지다 그 방식이 끝나면 생존 방식에 엄청난 고난이 따르게 되거든."

"……."

"게다가 여긴 고양이 싫어하는 사람도 많지. 네가 밥을 주면 다른 길고양이까지 몰려온다고 돌을 던질 사람도 있을 거야."

"……."

"내 말이 틀렸니?"

"알았어요. 그냥 놀아만 줄게요."

대답하는 숀리의 목소리는 낮았다.

이 녀석 그새 정이 든 걸까?

장태는 괜히 콧날이 시큰해졌다.

길고양이 밥 좀 주면 어때. 하지만 그건 아니었다. 한 번 시작하면 책임감을 가지고 계속해야 하는 일이었다.

나 하고 싶을 때 하고, 바쁠 때 하지 않아도 될 일이 아니었다. 뭐든 길이 들면 벗어나기 어렵다. 특히 고양이가 그렇다. 멀리 보면 장태의 말이 길고양이를 위하는 길이었다.

"숀리!"

고양이를 보내고 돌아오는 숀리를 장태가 불렀다.

"예, 쉐프!"

"내 말이 섭섭했니?"

"아뇨, 쉐프 말이 옳아요. 생각해 보니 저번에도 같은 자리에서 두 시간도 넘게 나를 기다렸거든요."

"고맙다."

"헤헷!"

숀리는 장태의 허리를 끌어안았다.

"너무 외로워하지 마!"

장태가 말했다.

"고양이요?"

숀리가 고개를 들었다.

아니, 너!

장태는 대답 대신 숀리의 머리를 쓰다듬어 주었다. 멀리서 야옹, 고양이 소리가 어둠을 타고 전해왔다.

* * *

"한잔할래?"

늦은 밤, 내일의 준비를 끝낸 장태가 세준에게 물었다. 홈페이지를 관리하던 세준은 절대 공감이었다.

"안나도 오세요!"

장태는 안나도 합석시켰다. 그렇다고 많은 술을 마실 건 아니었다. 맥주 한 잔씩. 그 정도는 다음 날 별다른 영향을 미치지 않는 양이었다.

"으아, 맥주 맛 진짜 죽이는데요?"

세준이 너스레를 떨었다. 그의 오방색은 활기에 넘쳤다. 검푸

른색은 붉은색과 황색, 나아가 흰색을 아우르며 팔딱거린다. 이제는 완전하게 정상으로 돌아왔다는 뜻이었다.

안나도 다르지 않았다. 그녀 역시 생생한 다섯 색깔에 물들었다. 무언가 일이 있다는 것. 그리고 그 일로 보람을 느낀다는 것, 그건 인간의 영혼을 살찌게 하는 일이 분명했다.

"어때요?"

장태가 두 사람에게 물었다.

"나는 너무 좋아요."

안나는 기꺼이 대답했다.

"나는 걱정이에요."

세준은 엉뚱한 대답을 내놓는다.

"왜?"

"아, 여기서 일할 수 없냐고 묻는 사람이 많거든요. 형 몰래 내가 다 짤라냈지만 하루에도 이메일이 여러 통씩 들어와요."

"그래? 그럼 이제부터 나도 멤버 교체 좀 생각해 봐야겠는데?"

"형! 진짜……."

"조크다, 조크!"

장태는 웃음과 함께 맥주 한 모금을 더 넘겼다.

"정말이지 쉐프는 마법사 같아요. 요리로 행복을 전파하고 있잖아요. 피시앤칩스 먹고 돌아가는 사람들도 얼마나 뿌듯해하는지 몰라요. 저녁에 오는 스페셜 테이블 고객들도 그렇고……."

안나가 얼굴을 붉혔다.

"너무 그러지 마세요. 사실 저는 아직도 초짜에 불과해요. 이 세상에 요리 잘하는 사람이 얼마나 많은데요? 우리 강 선생님도 그렇고…….”

“그럴 수 있어요. 하지만 다른 건 몰라도 요리를 하는 마음만은 쉐프 이상의 사람이 없을 거라고 믿어요.”

“땡큐, 거기까지만!”

장태는 안나의 말을 막았다. 칭찬은 귀를 즐겁게 한다. 하지만, 반대로 마음을 나태하게 만들 수도 있었다.

“실은 두 사람 부른 이유가 있거든.”

“무슨 이유요?”

잔을 비워낸 세준이 고개를 들었다.

“숀리 말이야.”

“숀리요?”

“저 녀석 엄마 찾아줘야 하지 않겠냐?”

“어머, 나도 그 생각했었는데…….”

안나는 반색을 하고 나섰다.

“그럼 드론의 전자 현수막에 글자 올릴까요? 숀리의 엄마를 찾습니다!”

“그것도 좋겠지만 내 생각은 좀 달라.”

“형 생각은 뭔데요?”

“어디 청소년 요리 대회 같은 거 있으면 좀 알아봐라.”

“요리 대회요?”

“숀리는 엄마를 그리워하지만 나름 목표가 있어. 훌륭한 쉐프가 되겠다는…….”

“그건 그렇죠.”

“그러니까 자기 힘으로 엄마를 찾을 수 있도록 우린 도움만

주는 거야. 대회에 나가면 방송을 탈 수 있고… 그렇게 되면 숀리의 엄마가 알아볼 수도 있지."

"와우, 대박 빅 아이디어!"

세준이 소리쳤다.

"쉬잇, 숀리에게는 비밀로 하고. 적당한 대회가 있으면 내가 지도해서 준비시킬 테니까."

"으아, 정말 형은……."

"날개 없는 천사죠!"

뒷말은 안나가 이었다.

"왜 이러세요? 저도 알고 보면 속물이라고요. 어떻게 하면 요령이나 부릴까 꾀를 피우는……."

"쉐프는 그래도 돼요. 그런다고 쉐프의 천성이 변하지는 않을 테니까요."

안나가 웃었다. 그 조용한 미소에는 장태에 대한 무한 신뢰가 담겨 있었다.

"그럼 실시!"

장태도 잔을 비워냈다. 안나는 빈 잔을 들고 개수구로 걸어갔다.

"형!"

"응?"

"그럼 나는?"

"……?"

"나도 그런 데 나가면 안 돼요?"

"너도?"

"나도 뭐라도 계기를 만들어야 부모님들하고 담판을 짓잖아요."

세준의 눈가에 시름이 가득하다. 실은 장태가 노리던 일이었다.

"그럼 너도 겸사겸사 알아보든가."

"지도는 형이 해줄 거죠?"

"뭐 하겠다면야. 게다가 숀리 지도하는 길이니……."

"알았어요. 당장 알아볼게요."

세준은 신바람을 내며 노트북으로 달려갔다. 그걸 보며 장태가 혼자 웃었다. 사실 숀리에게만 하고 싶던 말은 아니었다. 하지만 세준은 이미 성인. 누군가의 조언보다 자발성이 필요했다.

스스로 하려는 마음. 그 에너지는 다른 사람의 부추겨서 생기는 에너지와는 차원이 다르니까.

'아차르 준비 좀 하고 한잠 때려볼까?'

아차르는 일종의 피클 같은 음식. 고기요리나 빵 같은 것에도 곁들일 수 있기에 필요성을 느끼던 아이템이었다. 그때 장태의 전화기가 울렸다.

"친룽 대표님?"

전화를 받자 친룽의 목소리가 새어 나왔다.

—쉐프, 여기 벨라지오라오.

"아, 예……."

—지금 스베뜰라나를 만났어요.

"……."

—그런데 이 양반이 당신과 통화를 하고 싶어 하는군요.

"저하고요?"

—지금 옆에 있으니 좀 받아 봐요.

"……."

—여보세요!

수화기의 목소리가 바뀌었다. 그리고, 투박한 영어가 흘러나왔다.

—당신이 쉐프 손?

"그렇습니다만!"

—Great!

"……?"

—내가 준 과제를 맞춘 최초의 쉐프였소.

"……!"

그 한마디에 장태의 숨이 멈춰 버렸다. 스베뜰라나가 보낸 요리의 스파이스. 거기에 화답한 장태의 크레프. 장태가 그의 스파이스를 맞췄다는 걸 알려면 그 역시 장태의 스파이스를 알아내야만 했다.

그의 스파이스는 무(無)였다.

오직 자연에서 난 식재료의 성분만으로 간을 한 100% 자연주의 요리. 어렵게 그걸 감지한 장태. 그러나 말이 아닌 〈실물〉로 화답한 장태.

홀리 블랜딩.

그것으로 수많은 스파이스를 지워내 화답한 걸 그 또한 알아냈다는 뜻이었다.

스베뜰라나.

그야말로 어마어마한 후각과 미각의 소유자. 그렇지 않더라도 최소한 지상의 거의 모든 스파이스를 마스터한 실력자.

스승은 괜히 그와의 대결을 꿈꾼 게 아니었다.

정신줄이 흔들리는 장태에게 굵직한 그의 목소리가 천둥처럼 건너왔다.

—가까운 곳에 있다니 한 번 뵙기를 청하오!

2장

눈높이 요리사

일요일!

그의 점심 초대를 받아들였다. 쉬는 날인 탓도 있었지만 호기심 때문이었다.

스베뜰라나!

알베르트!

귀스타브!

리이펑!

요우타!

스승의 노트에서 보았던 다섯 절정 고수의 쉐프들. 스승이 언젠가 솜씨를 겨루고 싶어 했던 사람들. 그들 중의 한 사람이 아닌가?

전화를 끊고 밖으로 나왔다. 공원에서 집시들의 음악이 아련하게 들려왔다. 그쪽으로 걸었다. 하루에 수도 없이 걷던 이 길. 개업을 한 이후로는 횟수가 줄었다. 그만큼 바빴던 탓이었다.

"쉐프!"

벤치에서 쉬고 있던 루퉁이 손을 흔들었다.

"아직 안 자세요?"

장태가 다가섰다.

"우리가 취침 시간이 따로 있나? 산책?"

"예……."

"쉐프도 힘들지?"

"아닙니다. 힘들긴요."

"뭐 말 안 해도 다 알아. 장사라는 게 결코 쉬운 일이 아니거든."

"예……."

"늦은 밤에 우리들 생각이 났나?"

"그렇기도……."

"쉐프!"

"예?"

"내가 주제넘은 소리 하나 할까?"

"주제넘다니요. 무슨 그런 말씀을……."

"여기 마약하는 친구들 많은 건 알지?"

"예."

"봉사 말이야, 그거 사실 마약보다 더 중독성이 강한 거라네."

"예……."

"하지만 이제 개업을 했으니 쉐프 인생에 있어서 봉사가 주가 되어서는 안 되네. 그건 봉사가 아니야."

"……?"

"내가 아는 의사가 있는데 그 친구가 바로 그렇다네. 평일에는 대학병원에서 진료를 보고 주말에는 쉐프처럼 가난한 이민자들 무료 진료를 했었지."

루퉁의 시선이 하늘로 향했다. 그제야 알았지만 사람의 시선이 하늘로 향하면 표정이 숭고해진다. 루퉁도 그랬다.

"그 친구, 주말 봉사에 빠지다 보니 주말은 행복하고 주중 환자들은 짜증스럽다고 하더군. 어떻게 생각하나?"

"……!"

거기서 뭔가가 장태의 뒤통수를 후려쳤다. 루퉁의 말에는 굉장한 진리가 담겨 있었다.

"주객이 완전히 전도된 거지. 그 친구가 어떻게 주말 봉사를 할 수 있는 건가? 평일의 직장이 있기 때문이지. 그러니 주말 봉사는 그야말로 남는 시간에 자기 능력으로 다른 사람을 돕는 일로 생각해야 하는데 그 친구는 평일의 자기 환자들이 짜증스러워지기 시작한 거야. 돈 내고 의료 서비스를 받는 사람들과 무료로 받는 사람들을 착각해 버린 거지."

"……?"

"나는 그때 생각했네. 그 친구에게 진료를 받으러 오는 평일의 환자들. 자기 돈을 내고 진료를 받으러 오는 사람들 말이야, 그 친구가 공짜로 진료해 주는 사람보다 자기들을 싫어한다는 걸 알고 있을까? 그리고 그래도 되는 걸까?"

"아저씨……."

"역시 주제넘었지? 아드리안 같으면 조리 있게 잘 말했을 텐데 나는 워낙 직설적이라……."

루퉁은 장태의 어깨를 툭 쳐주고 어둠을 향해 사라졌다.

"……!"

장태는 그가 사라진 길에서 눈을 떼지 못했다. 그 말이 맞았다.

봉사는 아름답고 숭고한 일이지만 주객이 바뀌어서는 곤란한 일이었다. 예를 들어 피시앤칩스. 손님들에게는 대충 만들고 짜증을 내고, 노숙자들에게는 정성을 다하고 친절하다면?

봉사를 받는 사람에게도 최선을 다해야 하지만 본업을 소홀히 해서는 안 된다는 교훈…….

'아저씨……. 역시 한 방이 있다니까.'

마음이 밝아졌다. 장사의 도를 하나쯤 더 깨우친 느낌이었다.

"형!"

초황으로 돌아오자 세준이 손을 흔들었다.

"있어요. 청소년 쉐프 대회."

"진짜?"

"국제푸드박람회에서 축제용 행사로 하는 건데, 만 16세 이하면 누구나 참가 가능해요."

"오, 대박. 언제 하는데?"

"두 달 남았네요. 다음 달에 신청하면 돼요."

"규정은?"

"예선은 자유 요리고요 결선은 행사 당일 주제를 준대요."

"오케이, 숀리에게는?"

"아직요."

"그럼 아직 비밀. 쉬는 날 내가 천천히 말할 테니까."

"알았어요."

"참, 너는?"

"내가 나갈 만한 대회는 아직 올라온 게 없네요. 저쪽 먼 주(洲)에만……."

"초조해하지 말고 햄버거 요리 경연 대회 같은 거라도 체크해 봐. 나도 혹시 특급 호텔에서 하는 경연 대회 같은 게 있는 지 알아볼 테니까."

"알았어요."

"그럼 오늘은 마감?"

"예, 대신 내일은 시장에 혼자 갈 생각 마세요."

"오케이! 나도 매일 봐줄 생각은 없다."

장태는 흔쾌히 대답했다.

샤워를 마치고 침대 앞에 앉았다. 부모님은 아직 비행기 안에 있을 시간이었다.

'진저리 좀 나시겠네.'

괜히 웃음이 나왔다. LA에서 인천까지의 비행. 솔직히 장난이 아니다. 그건 젊은 장태에게도 만만한 여정이 아니기 때문이었다.

'내일의 테이블은?'

스케줄 표를 보니 로이의 차례였다.

내일은 또 어떤 싱싱한 재료를 만날 수 있을까? 그걸로 어떤 요리를 해볼까? 그 요리는 먹는 로이와 동행자는 어떤 표정을 지을까?

요리는 빈 스케치북에 그리는 그림이다. 그렇기에 상상만으로도 즐거운 장태였다.

비가 내렸다.

그 비를 맞으며 로이는 돌아갔다. 오늘 하루, 역시 정신이 없는 하루였다. 아침은 지역 방송국에서 장식해 주었다.

그들은 수십 명 줄을 선 사람들을 인터뷰하고 장태를 인터뷰했다. 장태가 멤버들을 소개했지만 화면에 담지는 않았다. 뉴스의 초점은 장태였던 것이다. 숀리를 위해서는 아쉬운 일이었다.

“형, Help me예요!”

정산을 마치고 홈페이지를 보던 세준이 소리쳤다.

“왜?”

장태가 다가섰다.

“예약자 좀 골라주세요. 오늘 올라온 건 전부 눈물겨운 일들이라 예약을 정할 수가 없네요.”

세준이 출력물을 가리켰다. 거기에는 여섯 살 꼬마부터 80 노인까지 장태의 요리를 먹어보고 싶다는 내용이 빼곡히 적혀 있었다.

그중에서 두 개를 우선 찍었다.

—교통사고로 두 다리를 잃은 아이, 그리하여 실어증까지 생긴 아이.

—그리고 4년째 128개 기업에서 떨어진 백수 청년.

나머지는 세준에게 일임하고 돌아섰다. 그러고 보니 세준도 나름 격무에 시달리고 있었다. 홈페이지 관리와 정산 업무, 나아가 물품 관리가 만만치 않았던 것이다.
"쉐프!"
조리대 쪽에서는 숀리가 손을 흔들었다.
"뭐 만들었냐?"
장태가 다가섰다.
"바닐라 수플레요, 맛 좀 봐주세요!"
숀리가 내민 수플레는 노릇하게 익은 맛깔스러운 몸매를 자랑하고 있었다.
"흐음, 좋은데?"
장태는 한 조각을 떼어내 물었다.
"진짜요?"
"조금 단단한 것만 빼고는 100점이야."
"와우!"
숀리는 주먹을 불끈 쥐어 보였다.
문제점을 설명하고 있을 때 딘 경위가 순찰차에서 내렸다. 그는 여자 경찰과 아이를 대동하고 있었다. 여경이 우산을 펼치더니 꼬마에게 받쳐 주었다. 여덟 살쯤 되어 보이는 아이였다. 아이는 우두커니 서서 초황을 바라보았다. 움직일 생각도 없어 보였다.
"경위님!"
장태가 우산을 쓰고 다가섰다.
"쉐프!"
딘은 반색을 하며 장태를 맞이했다.
"무슨 일이죠?"

"아, 이 아이 때문에요."

'아이……'

장태의 시선이 꼬마에게 건너갔다. 완전하게 움츠린 아이의 얼굴에는 공포가 가득했다.

"괜찮아. 세상에서 제일 멋진 쉐프님이셔."

딘 경위가 위로를 하지만 꼬마에게는 소용이 없어보였다.

"실은 우리가 보호하는 아이인데, 식음을 거의 전폐하고 있어서요. 쉐프께는 죄송하지만 쉐프의 요리라면 먹을 것 같아서요."

"일단 들어가시죠."

사연은 묻지 않았다. 경찰이 보호하고 있다면 좋은 일일 리 없었다.

조금 일찍 비워진 메인테이블. 거기 세 사람이 앉았다. 딘 경위와 여경, 그리고 경계심으로 가득한 꼬마 아이…….

"따뜻한 차예요."

안나가 차를 내오자 딘이 꼬마에게 밀어주었다. 꼬마는 눈빛에 야무진 각을 세울 뿐 꼭 다문 입을 열지 않았다. 딘 경위가 일어섰다. 장태는 그 뒤를 따라갔다. 할 말이 있는 눈치였다.

"초대형 사고가 났어요."

테라스로 나온 딘 경위가 입을 열었다.

초대형 사고…….

"스페인 이민자 아버지와 형이 마약중개상인데 조직 간 이권 다툼 때문에 총격전이 벌어졌지요. 아이가 보는 앞에서 아버지와 형이 살해당했어요."

빵!

딘 경위는 손가락으로 권총 흉내를 냈다.

"우리가 도착했을 때는 범인들이 테디까지 살해하려던 차였는데 저기 리타가 귀신처럼 저격하는 통에 아이 생명은 건졌지요."

"네……."

"그동안 병원을 거쳐 보호소에 데리고 있었는데……."

힐금 테디를 돌아본 딘이 뒷말을 이었다.

"도통 먹지를 않는다네요."

"……."

"그래서 문득 쉐프 생각이 나길래 무작정 쳐들어 왔습니다."

"그러셨군요."

"생각 없이 한 행동이니 결례가 되었다면 데리고 가겠습니다."

"아닙니다. 마침 한가한 때인걸요, 뭐."

"그래도……."

"제가 일단 한번 볼게요."

"그래주시겠습니까?"

잔뜩 찌푸려 있던 딘 경위, 장태의 한마디에 얼굴이 활짝 펴졌다.

테이블로 돌아온 장태는 테디에게 정식으로 인사를 건넸다.

"하이!"

"……."

"난 여기 쉐프야, 쉐프 알지? 맛있는 요리를 만드는 요리사."

"……."

"우리 테디는 뭐 먹고 싶은 거 없니?"

"……."

뭐라고 물어도 테디의 반응은 한결같았다. 하지만 장태는 알고 있었다. 꼬마의 입은 닫혔지만 그 몸은 오방색으로 속삭이고 있는 걸.

속삭임은 낮았다. 예상하던 일이었다.

흰색〉청색〉황색…….

장태는 테디의 원천에 있는 식욕을 읽어냈다. 놀랍게도 매운맛 선호자였다.

'그다음이 신맛이라…….'

계속 신중하게 식품의 기호도를 뽑아냈다.

빵—빵—빵!

바비큐! 바비큐!

꼬마에게서 두 개의 정보가 더 나왔다. 바비큐는 닭과 양고기였다.

메뉴 자체는 어렵지 않은 구성. 당장에라도 만들 수 있는 것들이었다.

어쩐다?

상처 입은 하이에나처럼 잔뜩 각을 세우고 있는 테디. 이런 경계심이라면 제아무리 뇌수를 흔드는 요리를 내놓는다고 해도 먹을 리가 없었다.

요리는 위장이 먹지만, 그 위장을 조종하는 게 마음이기 때문이었다. 장태는 잠시 밖으로 나왔다.

어린아이…….

가만히 장태의 과거로 돌아가 보았다.

여덟 살 시절. 많이 생각나지는 않았다. 하지만 한 가지 기억은 확실했다.

세상이 모두 커 보였다는 사실. 저 나이 때의 세상은 모두 크고 높았다. 어른들은 무섭고 계단도 한 걸음에 오르고 내리기 어려웠다. 식탁 테이블도 마찬가지였다. 음식은 또 왜 그리 컸을까? 한입에 넣으면 튀어나올 정도로 컸던 음식들…….

가만히 돌아보니 숀리가 보였다. 손짓으로 불렀다. 숀리가 다가오자 숀리만큼 키를 낮춰보았다. 숀리와 테디, 조금 차이는 나지만 위협적인 차이는 아니었다.

"숀리!"

장태가 숀리의 어깨를 짚었다.

"예, 쉐프!"

"가서 마리나 좀 데리고 올래?"

마리나는 아론을 따라다니는 아홉 살 꼬마. 멕시코 출신 노숙자의 딸이었다.

"그 코쭐쭐이를 뭐하게요?"

"일단… 부탁한다."

"알았어요."

우산도 없이 달려간 숀리는 바로 마리나를 데려왔다.

"숀리!"

"예?"

"내 말 잘 들어라. 지금부터는 네가 쉐프야."

"예?"

"저 꼬마 있잖아? 네가 책임지란 말이야."

"쉐프……."

"저번에 미니 타르트 만들어봤지?"

"네……."

"수블라키도 내가 알려주었고."

"네."

"그렇게 준비해. 빵은 새콤달콤, 바비큐는 매콤……. 그 두 가지만 기억하면 돼."

"쉐프……."

"네 손님이야. 서빙이나 심부름은 마리나에게 시키고."

"하지만……."

"이건 너만 할 수 있는 일이야. 설마 우리 레스토랑에 온 손님을 그냥 돌려보낼 생각은 아니겠지."

"쉐프……."

"부쉐프란 말이지, 쉐프가 없으면 레스토랑을 책임지는 거거든. 난 너를 늘 부쉐프로 믿고 있고."

"……."

"뭐라고?"

"빵과 수블라키. 빵은 새콤달콤 수블라키 바비큐는 매콤……."

"좋아. 바비큐는 닭이나 양고기 둘 중 하나로 만들면 돼. 난 여기 있을 테니까 버터가 부드러워질 때까지 저어주는 거 잊지 말고."

"……."

"가 봐. 손님을 오래 기다리게 하면 안 되는 거 알지?"

"쉐프……."

"가서 쉐프답게 행동해. 다른 사람은 다 내보내고."

장태는 숀리의 등을 밀었다. 몇 걸음 비칠비칠 걸어가던 숀리가 돌아보았다. 장태는 그를 위해 주먹을 쥐어 보이며 신뢰를 보냈다.

그러자 숀리, 씨익 웃으며 마리나의 손을 잡아끌었다.

"내가 오늘의 쉐프야!"

숀리, 마침내 테디의 테이블 앞에서 앙가슴을 내밀었다.

"……."

"세상에서 제일 맛난 빵과 바비큐를 구워줄 테니까 조금만 기다려."

숀리는 허리까지 공손히 숙이고 물러섰다. 물론, 테디의 시선은 조금도 누그러지지 않았다. 팔랑팔랑 뛰어다니는 마리나에도 관심이 없었다. 그저 우묵한 눈으로 먼 주방의 숀리를 노려볼 뿐.

"괜찮을까요?"

함께 밖으로 쫓겨난 세준이 장태에게 물었다.

"너도 잊었구나."

"뭘요?"

"숀리가 우리 레스토랑의 부쉐프라는 사실."

"형……."

"그거 농담 아니거든. 그러니 저 안에 어린 숀리가 있다고 생각하지 말고 부쉐프가 있다고 생각해."

"……."

"생각 끝났으면 톰의 주방에 가서 딘 경위님과 리타 경사님 먹을 것 좀 슬쩍해 오고."

장태는 세준의 등을 밀었다. 그리고 느긋하게 빈 의자를 차지해 앉았다.

휘릭휘릭!

믹싱볼에 버터를 넣고 휘퍼(거품기)를 돌리는 숀리. 거품기 돌아가는 소리가 여기까지 들리는 것만 같았다.

'숀리, 힘내!'

장태는 창 안의 숀리에게서 눈을 떼지 않았다.

*　　　*　　　*

숀리…….

제법이었다. 반죽을 뭉쳐 비닐랩으로 싸서 냉장고에 넣을 때까지 반죽에서 눈을 떼지 않았다. 반죽은 30분간 방치될 것이다. 그동안에 수블라키를 준비하면 되었다.

무슨 고기를 꺼낼까?

냉장실에는 양고기도 있고 닭고기도 있었다. 장태의 짐작은 숀리가 둘 다 꺼낸다는 쪽이었다. 그게 초보자의 마음이다. 여러 가지 아이템이 있으면 다 해놓아야 마음이 놓이는 것.

'역시…….'

숀리도 그랬다. 닭고기에 이어 양고기 덩어리까지 꺼내놓은 것. 그쯤에 다시 한 번 장태를 바라보는 숀리. 장태는 가만히 손을 들어 격려를 대신했다.

잠시 후에 숀리가 또 냉장고를 열었다. 이제 타르트를 만들려는 것이다. 반죽을 꺼내 밀대로 밀어야 하기 때문. 반죽을 얇게 미는 작업은 그리 만만한 일이 아니다.

그래도 숀리는 꿋꿋했다. 반죽 위에 유산지를 덮더니 뭔가를 집어 들었다. 보통은 생콩을 틀에 넣게 마련. 하지만 장태의 말을 기억한 숀리는 구운 파인애플을 콩 크기로 썰어 넣었다.

오케이!

장태의 마음도 동시에 놓였다.

숀리는 오븐을 열었다. 아마 175도였을 것이다. 그 안으로 반죽이 들어갔다. 시간은 10분에서 15분 정도. 타이머가 세팅되면 남은 건 기다리는 일뿐이었다.

"자식, 잘하는데요?"

언제 다가왔는지 세준이 말했다. 그런데 다가온 건 세준 만이 아니었다. 두 경찰도 장태 옆에 있었다.

"경위님……."

"이제야 쉐프의 뜻을 알겠군요."

"Birds of a feather flock together. 그거죠?"

한국말로 치면 유유상종. 딘 경위는 장태의 속을 읽고 있었다.

"아무래도 맛보다 정서가 필요할 거 같아서요. 더구나 아이가 경계심이 너무 강해서……."

"공감합니다. 역시 쉐프로군요."

딘 경위는 고개를 끄덕거렸다.

땡!

그사이에 오븐 타이머가 제자리로 돌아왔다. 숀리는 그제야 테디를 돌아보았다.

테디는 여전히 겁에 질린 얼굴이었다. 하지만 그래도 호기심이 엿보였다.

어른들이 다 사라진 레스토랑. 한 꼬마는 자기 또래의 만만한 여자 아이, 또 하나는 자기보다 조금 큰 숀리. 굳었던 어깨가 조금씩 펴지는 게 숀리 눈에 보였다.

모락!

타르트 냄새가 달콤하게 진동을 했다. 그 냄새는 테디에게도 예외가 아니었다. 녀석이 큼큼거리는 게 보였다.

숀리는 쉐프의 시선으로 접시를 돌아보았다. 고급스러운 도자기 풍의 접시, 평범한 접시……. 그러나 숀리의 시선은 그것들을 지나쳤다.

"마리나!"

"응?"

"저기 저거 가져와."

숀리가 가리킨 건 그냥 작은 바구니였다. 대충 필요한 잡동사니를 담아두는.

"오빠, 여기!"

마리나가 바구니를 가져오자 살짝 밉상으로 나온 타르트 한 쪽을 떼어 마리나 입에 넣었다.

"어때?"

"맛 좋아."

"진짜로 말해봐."

"완전 좋아."

마리나는 혀로 연신 입술을 쓸었다.

바구니에 깨끗한 키친 타올을 두어 장 깐 숀리. 타르트를 거기다 대충 쓸어 담았다. 그야말로 대충이었다.

"재 가져다 줘."

"알았어."

바구니를 받아든 마리나는 쪼르르 달려가 테이블 위에 타르트를 올려놓았다.

"먹어. 이거 되게 맛있다."

마리나는 테이블에 목을 걸친 자세로 말했다.

"마리나!"

"응, 오빠?"

"이것도."

숀리가 내민 건 우유였다. 마리나는 다시 쪼르르 달려와 우유 잔을 받아 들었다.

그사이에 숀리는 바비큐 냄새를 풍기기 시작했다. 와인과 후추, 파인애플 즙에 재운 닭고기와 양고기의 출격이었다.

"오빠, 맛있는 냄새가 나."

우유 배달을 끝낸 마리나가 달려왔다.

"손님 거야. 손님 거에는 침 삼키면 안 돼."

"손님?"

"넌 우선 저거 먹어."

숀리는 아까 한 조각 떼어낸 타르트를 가리켰다.

"땡큐!"

마리나는 타르트를 덥석 집어 들었다. 그러고는 왈딱 베어 물었다. 우물거리는 마리나의 시선이 테디에게 향했다.
테디의 눈은 살며시 떨렸다. 코앞에는 향긋한 빵 냄새, 주방에서는 파도처럼 너울거리는 바비큐 냄새. 더구나 마리나의 맛나게 먹는 모습에 저도 몰래 꼴깍 군침이 넘어갔다.
테디는 힐금 문을 바라보았다. 어른들은 보이지 않았다. 그제야 테디는 우유 잔을 집어 들었다. 단숨에 절반을 비워낸 테디가 타르트를 집었다.
"오빠!"
"쉬잇, 손님이 식사할 때는 떠들면 안 돼."
뭐라고 말하려는 마리나의 입을 솔리가 막았다.
한입… 그게 시작이었다. 한 조각을 조심스럽게 우물거린 테디. 그걸 넘기더니 남은 타르트에는 속도가 붙었다.
"우유 한 잔 더 가져다 줘."
곁눈질로 상황을 읽은 솔리가 지시를 내렸다. 그건 장태에게서 배운 손님 관리법. 이 순간, 그는 장태에 못지않은 진정한 쉐프였다.
"그만 봐도 되겠다."
장태가 창에서 돌아섰다. 정말이지 더 볼 필요가 없는 일이었다. 아니, 더 본다는 건 쉐프 솔리에 대한 모욕이었다.
매콤하게 구워진 닭고기 양고기 수블라키.
솔리는 그걸 보고는 가만히 눈을 감은 채 음미를 했다.
흐음…….
맛있겠는걸?
이 또한 장태가 하던 행동이었다.

이번에도 편안한 흰 접시에 수블라키를 올리고 멋대로 파슬리 두 쪽을 올린 숀리. 매콤한 소스를 더해 테디에게 배달을 했다.

"많이 먹어!"

빈 바구니와 바비큐를 바꾸며 숀리가 말했다. 그러자 테디가 바구니를 잡았다.

"더 줘?"

잔뜩 구겨진 얼굴로 고개를 끄덕이는 테디.

"알았어. 우선 이거 먹고 있어."

숀리는 수블라키를 안겨주고 주방으로 향했다. 이번에도 바비큐를 한참 바라본 테디. 그중 하나를 집더니 마리나에게 건네주었다.

"오빠, 손님이 주는 건 받아먹어도 돼?"

마리나가 주방을 향해 소리쳤다.

"이번만!"

"고마워."

마리나는 숀리와 테디에게 동시에 말하며 꼬치를 받아 들었다.

"매워!"

맨 끝의 고기를 빼어 문 마리나가 울상을 지었다. 그걸 본 테디가 처음으로 웃었다.,

미니 타르트는 한 바구니가 더 나왔다. 수블라키도 한 접시가 더 나왔다. 테디는 옴짝옴짝 잘도 먹었다. 다만 마지막 한 꼬치만은 손대지 않았다.

"왜?"

숀리가 물었다.

"La de la verguenza!"

테디가 띄엄띄엄 말했다. 숀리는 모르는 말이었다.

"그게 뭔데?"

"스페인 말. 아빠가 마지막 하나는 남겨야 한다고 했어요. 부끄러움의 조각이라고……."

"그럼 내가 먹을게."

테디의 부끄러움의 조각은 마리나가 뚝딱 해치워 버렸다. 그러고는 이렇게 말했다.

"깨끗이 사라졌으니 부끄러울 것도 없지?"

"응!"

테디는 고개를 끄덕거렸다. 이제는 두려움과 경계심이 많이 가신 얼굴이었다.

그때야 딘 경위와 여경이 들어섰다. 장태와 세준, 안나도 그 뒤를 따랐다.

"테디, 뭐 좀 먹었니?"

테디를 안아 올린 딘 경위가 짐짓 물었다. 테디는 고개를 끄덕거려 대답을 대신했다.

"내일도 여기 와서 먹을까?"

딘 경위가 묻자 테디는 또 고개를 끄덕였다.

"그럼 쉐프께 인사하고 가자. 여기 쉐프들은 아주 바쁜 분들이거든."

딘 경위는 테디를 내려놓았다. 그러자 테디가 숀리에게 다가가 꾸벅 고개를 조아렸다. 그리고 이어지는 또박또박한 목소리.

"고맙습니다."

"또 와!"

숀리는 손을 흔들어 화답했다.

"으아악, 이 귀여운 숀리 자식!"

더 참지 못한 세준이 숀리를 끌어안고 몸서리를 쳤다. 장태는 그걸 보고 웃었다. 테디도 웃고 딘 경위도 웃었다.

장태는 숀리와 테디를 번갈아 바라보았다. 숀리의 자부심이 활짝 웃는 게 보였다. 어렵게 열린 테디의 위장도 활짝 웃는 것만 같았다. 정말이지, 웃지 않을 수 없는 밤이었다.

"읍!"

테이블에 앉은 세준, 숀리가 건네준 수블라키를 한 점 물더니 눈을 동그랗게 떴다. 안나도 예외는 아니었다.

"우유, 우유!"

세준이 벌벌 기자 안나가 우유를 가져왔다.

"매운데요?"

안나가 말했다.

"쉐프의 특별 지시였거든요."

오늘의 쉐프, 숀리가 눈을 말똥거리며 대답했다.

"야, 그래도 그렇지 이렇게 맵게 하면……."

세준이 버럭 소리를 질렀다.

"나는 쉐프를 믿으니까."

"어디, 그럼 이 타르트는……."

타르트를 베어 문 세준, 이번에도 유쾌한 표정은 아니었다.

"이것도 꽤 시잖아?"

"그것도 쉐프 지시!"

숀리는 여전히 의기양양이다.

"맞아. 내가 그렇게 시켰다. 꼬마가 두 가지 맛을 선호하는 것 같아서……."

장태는 옆에 찰싹 붙은 숀리의 등을 두드려 주었다.

"으아, 아무리 그래도 그렇지 숀리 너 이제 보니 강철 가슴이구나. 나 같으면 이렇게 맵게는 못 했을 거다."

세준은 고개를 저었다.

"그야 나는 부쉐프니까 형하고 다르지."

"예, 알아서 모시겠습니다. 부쉐프!"

세준은 거수경례로 숀리의 자부심을 지켜주었다.

"겁은 안 났냐?"

장태가 물었다.

"조금요. 하지만 쉐프가 눈앞에 있어서 괜찮았어요."

"야, 나도 있었는데……."

"미안하지만 형은 안 보였어."

"으아, 저 치사한 녀석……."

"아무튼 다행이에요. 쉐프에게 도움이 되어서……."

"뭘, 나는 널 믿고 있었는데."

"그러니까 더 고맙죠."

숀리의 볼에 홍조가 번졌다. 스스로 생각해도 대견한 모양이었다.

"기왕 이런 분위기일 때 말해야겠다."

장태가 숀리를 바라보았다.

"뭘요?"
"춘리 너 우리 레스토랑을 대표해서 요리 대회에 나가라."
"예?"
"두 달 후에 청소년 요리 대회가 있대. 조금 빡빡하긴 하지만 그동안 닦아온 기본이 있으니까 크게 밀리지는 않을 거야."
"제가… 그럴 자격 있어요?"
"당연하지. 넌 우리 초황의 부쉐프잖아?"
"쉐프……."
"뭔가 목표를 정하지 않으면 발전도 느려. 대회가 중요한 건 아니지만 그런 거 대비하다 보면 실력도 많이 늘고. 또……."
장태는 뒷말을 흐렸다.
"겁나요. 그런 데는 요리 진짜 잘하는 애들만 나오는 거 아닌가요? 저번에 보니까 어린이 요리 대회에도 쟁쟁한 애들이 있던데……."
"내가 한마디만 해줄까?"
"뭐요?"
"너도 이미 쟁쟁해."
"쉐프……."
"네 계보를 봐라. 큰 스승님 격인 강 쉐프님은 어디에 있지?"
"만들레이 베이 총주방장……."
"그리고 나는?"
"초황 레스토랑 쉐프……."
"그만한 스승을 가진 사람도 드물 거야. 안 그래?"
"……."

"숀리……."

"할게요!"

장태를 바라보던 숀리의 입이 활짝 열렸다.

"거기서 우승하면 혹시 엄마가 찾아와도 잘했다고 하시겠죠?"

"물론!"

"헨릭 자식에게 자랑해도 되겠죠?"

"물론!"

"쉐프……."

숀리는 그 고개를 장태 가슴에 박았다. 아까는 당당한 쉐프였던 숀리. 작은 어깨가 고단하게 들썩거렸다. 엄마……. 대체 그 단어에는 어떤 마력이 숨어 있는 걸까? 이 어린 숀리에게 지치지도 않고 그리움을 안겨주는 그 단어…….

"아, 진짜. 야, 그만 징징거리고 나가봐라."

앞자리의 세준이 툴툴거리며 일어섰다.

"밖에는 왜?"

숀리가 물었다.

"그냥 좀 나가봐. 남자 자식이 뭐 그렇게 의심이 많아."

세준은 반강제로 숀리의 등을 밀었다.

밖으로 나온 숀리는 공원을 바라보았다. 가로등 아래 사람들이 몰려서 있었다. 그 앞에는 아론이 보였다.

"야, 숀리!"

아론의 손이 하늘을 가리켰다. 숀리의 시선이 그 손을 따라갔다.

"……!"

시선은 공간에서 멈췄다. 드론이었다. 두 개의 드론에게 매달린 전자 현수막. 거기서 푸른 조명의 글자들이 쌍둥이 별빛처럼 반짝이고 있었다.

〈오늘의 메인 쉐프—숀리!〉

양쪽 현수막에서 쌍둥이 별빛처럼 반짝이는 글자들. 몇 번이고 읽어본 숀리는 참았던 눈물을 끝내 찔끔거리고 말았다.

'형 고마워.'

마음속으로 자꾸자꾸 중얼거리며.

3장

가장 한국적인 맛

〈오리 가슴살 구이와 파인애플 소스〉

오늘의 스페셜을 만들 주제였다.

눈을 뜬 장태는 레시피를 복기했다.

재료는 오리가슴살과 소금, 주니퍼 베리 가루, 설탕, 파인애플, 레드 와인, 버젤 퍼터 리큐어, 전분, 바게트빵.

1) 싱싱한 오리가슴살에 소금과 후추, 설탕을 뿌려 둔다.

2) 껍질이 아래로 가도록 놓고 10분 정도 팬에서 굽는다.

3) 파인애플과 레드 와인, 버젤 퍼터 리큐어를 냄비에 붓고 2~3할이 남도록 뭉긋하게 졸여 소스로 만든다.

4) 졸인 소스에 전분을 넣어 걸쭉하게 한다.

5) 구워진 오리가슴살을 한입 크기로 썰어 그 위에 소스를 올린다.

6) 빵과 함께 파슬리, 레몬조각으로 장식해 낸다.

리큐어는 종류가 많다. 칵테일 베이스로 쓰기도 하고 요리에 쓰기도 한다. 버젤 퍼터는 나무껍질과 뿌리, 계피와 아니스, 비터 오렌지 등의 60여 가지 허브와 향신료를 섞어 만든 것으로 스파이시한 풍미를 지녀 오리고기에도 잘 어울린다.

접시에 올리고 보니 동파육과도 비슷해 보인다.

배달은 쏜리가 맡았다. 이른 아침부터 레시피를 배우느라 땀을 쏟았기 때문이었다. 쏜리는 힘들어 하지도 않는다. 목표가 있기 때문이다.

"다녀올게요!"

쏜리는 한달음에 공원으로 뛰었다. 공원의 하루는 안개로 시작되고 있었다. 안개 사이에서 노숙자들이 희끗희끗 움직이기 시작했다. 노숙자들에게도 하루의 시작은 공평했다.

식사를 마치고 다시 즐거운 요리 전쟁에 돌입하려던 장태. 그 식탁에 불청객이 찾아든 건 샌드위치가 막 테이블에 올려졌을 때였다.

끼익!

차량 한 대가 주차장으로 들어섰다.

"손님인가?"

쏜리가 먼저 반응했다.

"오늘 손님은 트리스탄이라는 분인데……."

세준은 PDA부터 열었다. 그사이에 차 문이 열리고 사람들이 내렸다.

'하워드 의원님?'

차를 바라보던 장태의 눈도 휘둥그레지고 말았다. 차에서 내린 사람은 하워드가 맞았다. 그는 40대의 우아한 여자를 동반하고 있었다.

"쉐프, 굿모닝?"

하워드가 손을 흔들었다.

"예, 의원님!"

"여긴 화이트 하우스 살림꾼 파로시아."

화이트 하우스?

그럼 백악관?

"안녕하세요? 쉐프?"

파로시아가 인사를 해왔다. 금발의 단발이 경쾌한 느낌을 주는 인상이었다.

"우리가 너무 일찍 온 건 아닌가 모르겠군. 뉴욕에서 방금 돌아와서 말이야."

"괜찮습니다. 이쪽으로 앉으시죠."

장태는 식탁을 차린 옆쪽의 테이블을 권했다.

"식사 중이시군."

자리를 잡은 하워드가 말했다.

"식사는?"

"미안하지만 쉐프가 해준다면 절대 거절하지 않지."

하워드가 웃었다.

"그럼 간단히 요깃거리로……."

"아니, 괜찮으면 피시앤칩스로 부탁해요."

"네?"

"파르시아도 괜찮죠?"

하워드가 여자를 바라보았다.

"물론이죠. 나도 먹고 싶었는걸요."

"그래도……."

"괜찮다니까. 저거 아주 유명한 피시앤칩스 아닌가?"

하워드의 시선은 하늘로 올라갔다. 거기 드론이 맴돌이를 하고 있었다.

〈지구에서 최고로 맛있을 피시앤칩스!〉

〈여러분의 입맛에 판타지를 안겨드립니다!〉

전자 현수막에서는 두 개의 문구가 반짝거렸다. 세준이 정한 오늘의 홍보 문구였다.

"그럼 잠깐만 기다려 주십시오."

장태가 조리대로 가자 숀리도 덩달아 뛰었다. 장태가 대구를 잡자 숀리도 감자를 잡았다.

촤아아!

경쾌한 기름 소리는 두 개의 기름 솥에서 동시에 울렸다. 장태가 바라보자 숀리가 웃었다. 장태와 호흡을 맞추는 게 더없이 기쁜 숀리였다.

피시가 나왔다.

감자도 나왔다.

특별한 플레이팅은 하지 않았다. 늘 하던 대로 신문지에 포장, 다만 접시만은 받쳐 주었다. 그 위로 숀리가 파슬리를 끼워놓았다. 장태가 웃었다.

"드시죠."

장태는 푸짐한 두 접시를 테이블에 올려주었다.

"어머, 이게 바로 초황표 피시앤칩스로군요."

파르시아는 기대감에 손바닥까지 비벼댔다.

"이게 백악관까지 소문이 났습니까?"

"다른 사람은 몰라도 저는 피시앤칩스를 좋아하거든요. 프랑스에서도, 영국에서도, 호주에서도 피시앤칩스 마니아라죠."

아삭!

파르시아가 피시 튀김을 가르자 노릇한 색 안에 숨어 있던 하얀 대구살이 고스란히 드러났다.

"어쩜 이 색감……."

바사삭!

한 조각이 파르시아의 입안으로 들어가는 것과 동시에 요리의 연주가 시작되었다.

아삭, 바삭, 와삭!

입을 움직일 때마다 파르시아의 몸이 함께 움찔거렸다. 그녀는 온몸으로 피시앤칩스를 맛보고 있었다.

"정말 굉장하네요. 지금까지 먹은 피시앤칩스 중에서 단연코 독보적이에요."

그녀는 기꺼이 엄지를 세워주었다.

"고맙습니다."

장태는 숀리와 함께 꾸벅 인사로 화답을 했다.

"너무 행복해요. 이런 아침이라니……. 백악관의 골치 아픈 일들이 죄다 맛에 휘감겨 녹아버린 느낌인걸요."

그녀는 정말이지 아이처럼 좋아했다.

"피시앤칩스도 그렇지만 다른 요리는 더 환상적이지요. 맛만 좋은 게 아니라 마법까지 부리는 요리라니까요."

"의원님 영애 티나의 이야기라면 한 번만 더 하면 열 번째인 거 아시죠?"

파르시아가 우아하게 웃었다.

"백번을 해도 모자라지요. 정말 그건 직접 겪어보지 않은 사람은 모를 일입니다."

하워드도 남은 감자를 마저 밀어 넣었다. 두 사람의 접시는 조각 하나 남김없이 깨끗하게 비었다.

"이걸 드시러 일부러 오신 겁니까?"

장태가 접시를 치우며 물었다. 그 접시는 안나가 받아 들고 주방으로 들어갔다.

"바쁘죠?"

"이제 곧 사람들이 몰려들 시간이라서요."

"미안하지만 사람 좀 물려주실래요?"

파르시아가 저만치의 세준과 촌리를 바라보며 말했다. 장태가 눈짓을 하자 둘은 주방으로 들어갔다.

"잠깐만 앉아요."

의자는 하워드가 권했다. 장태는 하워드를 마주보며 자리를 잡았다.

"파르시아, 보시다시피 쉐프는 인기 폭발의 몸입니다. 오래 잡고 있으면 피시앤칩스 사러 온 사람들에게 뼈도 못 추릴 수 있으니 FBI나 CIA라도 좀 불러놓는 게……."

"정말 그래야겠는데요?"

파르시아의 시선이 가게 앞으로 향했다. 벌써부터 몇 명이 줄을 서고 있었다.

"그럼 말씀하시죠."

하워드는 공을 파르시아에게 넘겼다. 남은 우유를 들이킨 파르시아가 천천히 입을 열었다.

"실은 중요한 부탁이 있어서 왔어요."

'부탁?'

"얼마 전에 우리 하워드 의원님께서 손님들을 모시고 왔다면서요?"

손님!

생각이 났다.

북한 사람들을 지칭하는 모양이었다.

"예……."

"거두절미하고 말씀드리자면 그 인연으로 그쪽 고위층과 회담이 성사되게 되었어요."

"……."

"우리 쪽에서는 국무장관님과 제가 나갈 거고, 그쪽도 상응할 고위층이 오게 되었는데……."

파르시아는 장태를 꼿꼿이 바라보며 말꼬리를 붙였다.

"쉐프께서 연회 요리를 맡아주셨으면 합니다."

"……?"

"북한은 여간해서는 회의장에도 나오지 않는 나라입니다. 어렵게 얻은 기회다 보니 보다 좋은 분위기를 이어가 국제사회에

이익이 되는 방향으로 회담을 이끌어야 합니다. 양국 정상회담까지 말이죠. 그런데 하워드 의원님 말씀을 들어보니 쉐프야말로 누구보다 적합한 분이라 이렇게 달려왔습니다."

"파르시아……."

"부탁합니다. 이건 어쩌면 세계 평화에도 기여할 수 있는 큰일이거든요."

파르시아의 눈빛은 진지했다. 호소력 강한 눈망울에 반듯한 자세. 그녀 나름으로는 예를 다해 청을 하고 있는 모습이었다.

그녀의 직책은 백안관 안보담당보좌관. 초고위층인 그녀가 직접 날아왔다는 건 사안이 그만큼 중대하다는 얘기가 분명했다.

"하지만 예약이……."

"하루면 됩니다. 쉐프의 고객도 중요하겠지만 이건……."

그녀는 물러설 기색이 없었다.

"하워드 의원님!"

"험험!"

장태가 하워드를 바라보자 입장이 곤란해진 의원은 헛기침으로 빠져나갔다.

"회담은 언제 하시는 겁니까?"

"다다음주 월요일입니다."

"장소는요?"

"샌프란시스코예요. 허락하시면 비행기 표는 최단 시간으로 스케줄을 맞춰드리고 그날 매상손실분도 저희가 책임을 지겠습니다."

"거절하면 CIA가 들이닥치나요?"

"아마 그럴 겁니다."

장태의 말에 그녀가 웃었다. 물론 장태도 조크로 던진 말이었다.

"시간 비워보죠."

"탱큐, 쉐프!"

파르시아는 벌떡 일어나 장태의 손을 잡았다. 그녀도 나름 노심초사하고 있었다는 반증이었다.

"어이쿠, 나는 이제야 숨 좀 쉬겠구먼."

하워드의 입가에도 미소가 번져 갔다. 그도 시름에서 해방이었다.

하워드와 파르시아는 악수를 남기고 떠나갔다.

북한…….

다시 연결이 되었다.

처음에는 북한 어린이를 생각했던 장태. 그러다 그다음에는 북한의 고위층에게 요리를 대접하게 되었고, 오늘 마침내 굉장한 권력층 연회의 쉐프로 초대를 받았다.

국무부 장관이 만나는 사람이라면 최소한 북한 권력의 최상층.

'어쩌면 북핵에 대한 비밀 회담일 수도…….'

다른 건 몰라도 북핵에 대해서는 알고 있는 장태였다.

그나마 장소가 샌프란시스코라는 게 다행이었다. 비행기로 2시간 정도의 거리. 백악관에서 보안 수속을 간단히 해준다면 피시앤칩스를 마치고 갈 수도 있었다.

"……!"

주방으로 돌아오니 숀리와 세준은 각자의 자리에서 뭔가 하는 척 난리들이다. 장태에게는 시선도 주지 않았다. 밖의 일에는 전혀 관심을 갖지 않았다는 사인이었다.

"헤이, 숀리!"

장태가 머리띠를 동여매며 말했다.

"종 울려요?"

척하면 알아듣고 묻는 숀리.

"오케이!"

신호가 떨어지자 숀리의 종소리가 공원까지 퍼져나갔다. 그다음에 들리는 소리는…….

촤아아아!

폭포가 떨어지듯 상쾌한 기름 소리. 기름 안에서 대구와 감자가 경쟁하듯 맛나게 익어가기 시작했다.

*　　　*　　　*

'오늘의 예약자는…….'

트리스탄!

명단을 보지 않아도 기억하는 장태였다.

트리스탄, 이미 구면인 사이였다. 쉐프 저격수로 이름 높은 미식평론가.

지난번에는 그 예봉을 잘 피했지만 오늘은 어떨까? 긴장은 되지만 걱정하지 않았다. 없는 실력이라면 아무리 꾸민다고 해도 소용없을 일이었다. 그러니 걱정보다는 주어진 재료로 최선을 다하면 그만이었다.

오늘 준비한 주재료는 씩씩한 금닭새우였다. 오랜만에 물 좋은 놈을 만나 두말없이 선택을 했다.

회로 내도 최고로 꼽히는 아련한 단맛을 가지고 있어 새우의 왕으로 꼽히는 놈이었다.

시장에서 장태의 설명을 들은 세준은 혀를 내둘렀다. 새우는 전 세계에 3,000여 종이 살고 있다. 식용이 되는 것만 해도 200여 종에 가깝다. 이름도 제각각이다.

어떤 곳에서는 랍스터로 부르고 어떤 곳에서는 쉬림프로, 또 어디에서는 프런이라고 지칭한다. 그러니 동남아 같은 곳에서는 새우 먹으려고 들어가 쉬림프 달라고 하면 고개를 젓는다. 그곳에서 파는 새우는 주로 프런이기 때문.

이렇듯 새우는 이름도 헷갈리는데 크게 보면 두 가지로 구분된다.

하나는 걸어서 이동하는 놈.

또 하나는 헤엄을 쳐서 이동하는 놈.

걸어서 이동하는 놈은 랍스터라고 하고 헤엄쳐 이동하는 놈은 하(蝦)라고 한다. 대하니 중하니 하는 새우가 여기에 속한다. 이 '하'에서 작은 것을 쉬림프라고 하고 큰 것을 프런이라 칭한다. 하에서 가장 인기가 높은 건 보리새우다.

보리새우는 색깔도 유려하지만 사실, 정말 아름다운 새우에 비하면 명함도 내밀지 못한다. 하지만 단맛과 쫄깃한 식감이 뛰어나고 열을 가하면 단맛이 더 높아져 회, 튀김, 구이 등으로도 인기가 높은 몸이었다.

금닭새우 외의 나머지는 오리 리예트와 파르메산 치즈를 곁들인 아보카도 샐러드, 나아가 부각을 선보일 예정이었다.

하지만!

이런 계획은 모두 예정으로 끝나 버렸다. 왜냐면 테이블을 차지한 트리스탄이 정말 트리스탄다운 제의를 해왔기 때문이었다. 제의의 시작은 숀리로부터였다.

"어!"

주방에서 고기 익은 정도를 연습하던 숀리, 차에서 내린 손님을 보더니 손에 든 집게를 떨구고 말았다.

"왜?"

세준도 창 밖으로 시선을 돌렸다. 거기 한 소녀가 있었다. 트리스탄과 헨릭을 따라온 흑인 소녀. 그 소녀를 본 숀리가 냉동인간이 되어버린 것이다.

"오셨습니까?"

그걸 모르는 장태는 트리스탄을 맞이했다.

"오랜만이군요."

트리스탄이 손을 내밀었다.

"헨릭이지? 나 기억하니?"

장태가 헨릭을 보며 웃었다.

"그럼요, 셰프! 숀리는요?"

헨릭이 밝게 대답했다.

"주방에서 요리 연습 중인데?"

"얘는 에이미라고 숀리 친구예요. 트리스탄 아저씨가 허락해 줘서 같이 왔어요."

"잠깐만, 숀리!"

장태가 주방을 보며 외쳤다. 그런데, 숀리는 금세 나오지 않았다.

"숀리!"

두 번째 부르자 숀리, 주저주저 쭈뼛거리며 문앞에 등장했다. 하얀 조리복에 조리모자, 그리고 손에는 고기 뒤집는 집게……. 숀리는 영락없는 리틀 셰프였다.

"에이미… 네가 어떻게?"

숀리의 목소리는 잔뜩 잠겨 있다. 목도 자라목처럼 절반은 들어간 상태. 아무튼 여느 때와는 좀 달랐다.

"너 보기 좋다."

다가선 에이미가 엉거주춤하는 숀리의 팔목을 잡았다.

"고마워."

"헨릭이 네 얘기하길래 내가 졸랐어. 같이 갈 수 없냐고."

"으응……."

"반가워."

에이미가 손을 내밀었다. 숀리는 부자연스럽게 그 손을 잡았다.

흐음, 그렇단 말이지?

장태와 세준은 똑같은 생각을 하고 있었다.

"오늘 주재료는 금닭새우입니다. 거기에 오리 리예트를 낼 생각인데 혹시 마음에 들지 않으시면 다른 재료로 바꿔보겠습니다."

트리스탄이 테이블에 앉자 장태가 재료를 소개했다.

"금닭새우라……. 싱싱한 걸 구하기 어려울 텐데 셰프가 추천하는 걸 보니 물 좋은 놈을 모셔온 모양이군요?"

"예, 운이 좋았습니다."

"금닭새우라면 뭘도 요리를 해도 좋겠지요. 회도 좋고 버터구이도 좋고……."

"그렇지요."

"귀한 재료니 저는 좀 특별한 요리를 부탁하고 싶습니다."

"특별한 것이요?"

장태가 고개를 들었다.

"셰프는 코리아 출신이라죠?"

"예……."

"금닭새우는 코리아풍 요리를 부탁드립니다."

"……?"

"부탁합니다!"

트리스탄의 오더가 한 번 더 반복되었다. 그 뒤로 이어지는 묵직한 미소는 오더의 교체 따위는 없을 거라는 암시와도 같았다.

코리아풍 금닭새우요리!

수도 없이 많은 미슐랭 별들의 맛을 섭렵한 트리스탄. 수도 없이 많은 미슐랭 스타들의 단점을 집어내 별을 떨어뜨린 그. 하필이면 왜 한국풍을 원하는 것일까?

왜?

*　　　*　　　*

한국풍 새우요리.

뭐가 있을까?

주방으로 돌아온 장태는 고민에 빠졌다.

새우찜!

첫 번째 대표주자는 찜이었다. 찜통에 좌르륵 줄지어 넣고 물을 끓인다. 새우가 익으면 오순도순 둘러앉아 까서 소금에 찍어 먹는다. 머리를 싫어하는 사람이 있으면 좋아하는 사람이 땡을 잡는다.

다음으로는 구이!

보통 소금구이를 많이 한다. 굵은 소금을 입이 넓은 냄비에 넣고 불을 당긴다. 새우가 빨갛게 익으면 까먹는다. 소금구이는 따로 소금을 찍지 않아도 된다.

기타 등등까지 나열하자면 많았다. 튀김을 해도 되고 탕수육을 해도 되고 얼큰 담백한 매운탕에 게장처럼 새우장까지 가능하다. 그러나 그런 요리까지 꼽자면 한이 없었다.

결론적으로 한국 사람들이 새우를 먹는 흔한 방법은 찜이나 구이. 그것도 단순한 방법의 요리가 주종이었다. 문제가 여기에 있었다.

소금구이와 찜은 과연 요리에 들어갈까?

물론 들어갈 수 있다. 하지만 미식가들은 인정하지 않는다. 그 대표적인 예로 회를 들 수 있다. 한때 서양은 일본의 회를 요리로 인정하지 않았다. 자연적인 살을 저며 내는 것만으로는 요리라고 볼 수 없다는 것.

그러다 인식이 바뀌었다. 회의 부위, 써는 방향, 볼륨 등에 의해 맛이 변한다는 걸 알았기 때문이었다. 그러니 단순히 찜통에 넣어 익힌 찜이나 소금 위에 올려둔 구이 정도로는 요리라는 타이틀을 얻기 어려웠다.

게다가 상대가 누군가?

트리스탄!

'한국풍 새우요리라…….'

이렇게 되면 새우에 버터를 팍팍 바를 수도 없었다. 올리브유를 줄줄 흘릴 수도 없었다. 즉, 서양적 관점에서 유용한 버터나 스파이스의 도움도 받으면 안 되는 것이다.

젠장!

깊은 날숨이 나왔다. 과연 트리스탄다운 옵션이 나온 것이다.

한국풍!

단 한마디로 엄청난 제약을 붙인 트리스탄이었다.

'선생님께 물어볼까?'

유혹이 일었지만 그만두었다. 장태는 쉐프였다. 주방의 쉐프의 황야. 어떤 고난이 닥쳐와도 혼자 힘으로 헤쳐 나갈 때에야 비로소 요리가 발전하는 법. 장태는 그걸 잘 알고 있었다.

트리스탄의 오방색은…….

오색의 줄은 세우지 않았다. 그의 오방색은 도전적이고 강렬했다. 전형적인 미식가의 그것. 약간의 차이는 있지만 전체적 조화도 나쁘지 않아 특별히 따로 고려한 요소는 없었다. 말하자면 구석에 숨은 맛까지도 기이어 찾아낼 전투적인 식성이자 현미경

같은 식성이었다.

그래서 오방색을 지워 버렸다. 거기에는 지난날 슐런트와 함께 온 미식가의 말도 한몫을 했다.

맛을 원하는 사람에게는 그 맛을 보여주면 될 일. 굳이 그 사람 개인의 입맛을 고려할 필요는 없었다.

쉐프 장태는 금닭새우를 도마에 올린 채 기억을 소환했다.

대한민국 코리아.

정말이지 그 나라의 대표 음식은 무엇일까? 과연 무엇이 '이것이 대한민국 국대급 요리'다 라고 말할 수 있을까?

김치!

장!

돌고 돌아 두 가지로 귀결되었다. 대한민국의 대표적인 맛은 김치와 장이 분명했다. 그건 밥상에 빠지지 않는다. 특히 장은, 어떻게든, 어떤 방법으로든 음식에 섞이는 게 필수였다.

김치와 장!

김치는 한인상점에서 구해둔 게 있었다. 장도 있었다. 더구나 양숙자 할머니의 막강 씨간장……. 간장 하나만 해도 수십 가지 이상의 소스가 나오는 천하무적의 얼굴이 아닌가?

—떡볶이에는 간장+굴소스+청주+올리고당.

—불고기에는 간장+설탕+배즙+양파즙+후추.

—겨자장에는 간장+겨자+설탕+식초…….

이 외에도 무한무궁이다.

'까짓것!'

질러보기로 했다.

한국에서도 해보지 않은 실험적인 요리. 그걸 쉐프의 무덤으로 불리는 트리스탄에게 발사하기로 한 것이다. 자칫하면 평생 트리스탄의 저격을 받을 일. 그러나 그게 두려워 주방에서 달아나면 쉐프가 아닌 것.

장태는 네 가지 뚜껑을 열었다.

김치와 고추장, 된장, 그리고 양숙자 할머니가 준 씨간장이 그들이었다.

오리 파예트!

일단 포문은 그것으로 열었다. 오리고기 위에 치즈 한 조각을 올리고 붉은 색감의 소스를 부어 살짝 흘러내리게 했다. 다음으로 싱그러운 허브 몇 잎을 올려 분위기를 살리고 주재료에서 살짝 떨어진 공간에 들깨부각을 세팅.

흰 접시와 붉은 소스, 진한 갈색의 오리고기와 그 위의 하얀 치즈와 초록 허브. 색감의 하모니는 순박한 느낌을 이루었다.

"맛있어요."

헨릭과 에이미는 아이들. 아이들답게 즉각적이면서도 솔직한 감상이 나왔다. 그러나 트리스탄은 침묵. 다 먹은 후에 가볍게 입을 닦으면서 살짝 미소를 엿보이는 게 고작이었다.

"어휴, 저분은 너무 오싹하잖아요?"

장태가 주방으로 돌아오자 숀리가 어깨를 으쓱해 보였다.

"그냥 손님이야."

장태가 웃었다.

아까부터 그 마음으로 전환한 장태였다. 상대는 트리스탄. 그러나 의식하지 않을 생각이었다. 그리고 마침내 금닭새우를 집어 들었다.

이미 손질은 깔끔하게 끝난 상태. 더듬이 하나와 발 하나 다치지 않은 장태였다.

구웠다. 버터를 뿌려 그냥 구웠다. 그 위로 꼬냑에 구운 암염이 조금 가해졌다. 레시피를 적고 있던 숀리가 고개를 갸웃거렸다. 저건 그냥 일반적인 버터구이였다. 다만 버터의 양이 적었을 뿐.

금닭새우가 익는 동안 장태는 세 가지 장을 차례로 집어 들었다. 먼저 고추장을 볶았다. 올리브유를 넣고 약간의 허브와 흑후추를 가미했다. 볶음 고추장에서는 매콤함 뒤에 고소함이 은은하게 따라붙었다.

간장도 태웠다. 이번에도 설탕과 흑후추, 약간의 스파이스가 첨가되었다. 씨간장은 불길을 받으며 소스로 변해갔다. 거품이 풍후하게 올라온 간장은 조청처럼 걸쭉해진 다음에야 과정이 끝났다.

쉐프, 뭘 하려는 걸까?

숀리는 장태에게서 눈을 떼지 못했다.

된장은 망에 넣고 잘게 으깼다. 그런 다음 해물 스톡에 넣고 우려냈다. 진하게 우러난 된장 역시 볶음을 피하지 못했다. 그곳에는 얇게 뭉갠 마늘과 올리브유가 투하되었다.

세 가지 한국의 장은 그렇게 얼굴을 바꾸었다. 바탕은 그대로 두고 쉐프의 맛 손질을 받은 것이다.

금닭새우가 다 익어 나오자 장태의 손길은 칼리여신의 몸짓으로 바뀌었다. 엄청나게 속도가 붙은 것. 가재가 식기 전에 요리를 완료하려는 의도였다.

타다닥!

타오는 간결하게 허공을 휘저었다.

머리를 떼어낸 장태는 중심을 갈라 속살과 노란 내장을 발랐다. 몸통 역시 마치 조립품을 해체하듯 절도 있게 갈라졌다. 속살을 부위 별로 바른 장태는 가재 머리와 철갑을 절구에 넣었다.

투둥투둥퉁!

절구 찧기 신공.

그건 정말 하나의 신공이었다. 완전하게 일체를 이룬 장태의 행동은 흡사 모터처럼 보였다. 그렇게 빻은 걸 다시 믹서기에 넣고 한 번 더 갈아냈다.

고운 가루로 갈린 뼈들은 붉은 빛깔이 났다. 그 안에 미리 발라낸 내장이 투하되었다. 노란 내장이 섞이자 주홍빛으로 색조가 낮아졌다. 오히려 더 질박한 느낌이었다.

마침내 장태의 손이 탱탱한 살점으로 옮겨갔다.

한입 크기로 모양을 맞춰 썰어낸 장태는 각각 세 가지 한국풍 소스를 발랐다. 검붉은 고추장 소스와 연한 갈색의 된장 소스, 검은색 씨간장 소스가 발라진 요리… 마지막 하나는 김치.

김치를 잎사귀와 줄기로 구분한 장태는 물에 씻어 말쑥하게 한 후에 물기를 뺀 줄기를 길게 잘라냈다.

길이는 새우살에 맞추고 잎사귀로 살과 함께 말았다. 일종의 새우살 김치말이 같은 형태가 완성되자 플레이팅을 시작했다.

긴 직사각형 접시에 올려진 한국풍의 금닭새우 요리. 바닥에는 푸르고 붉은 소스를 써서 거친 태극 문양을 흘려 넣었다. 그저 양상추 위에 네 가지 자태로 올라앉은 금닭새우…….

꿀꺽!

지켜보던 숀리의 목젖이 거칠게 움직였다.

먹고 싶어.

그게 아니었다. 아직 맛의 정체를 모르는 숀리. 뼈를 흔드는 긴장감을 이기지 못한 것이다. 그걸 아는지 장태가 돌아보았다.

"쉐프……."

숀리의 목소리는 어린 짐승의 그것처럼 떨었다.

"숀리."

"네?"

"긴장하지 마."

"……?"

"요리는 즐겁게 하는 거야."

장태가 웃었다. 그 웃음이 마치 얼음땡이라도 되는 듯 숀리의 긴장을 풀어주었다.

"안나, 가요!"

장태는 한 접시를 집어 들고, 나머지 두 접시는 안나에게 맡겼다. 두 사람은 우아하게 주방을 걸어 나갔다.

턱!

오늘의 메인 요리, 한국풍 금닭새우!

요리가 테이블을 장식했지만 누구의 입에서도 감탄사는 나오지 않았다. 어쩌면 당연한 일이었다. 플레이팅은 더할 수 없이 단순하고 소박했다.

접시를 장악하는 금닭새우의 머리도 없었고 살을 담은 몸통도 양상추에 불과했다. 그게 금닭새우라는 걸 알 수 있는 정보는 긴 더듬이와 꼬리부채 장식뿐이었다.

"형……."

창가로 나온 숀리, 세준이 다가오자 고개를 들었다.

"걱정 마. 우리 쉐프잖냐."

"그렇지?"

"그럼."

세준은 숀리의 어깨를 감싸주지만 정작 그 손도 파르르 경련하고 있었다.

"드셔보시죠!"

장태가 손바닥을 펼치며 공손히 요리를 권했다.

"이 소스는 어떻게 먹는 건가?"

트리스탄은 딱 하나뿐인 소스를 바라보았다.

"새우 내장과 껍질만으로 만든 소스입니다. 그냥 먹으셔도 되고 조금 더 깊은 맛을 원하면 찍으셔도 됩니다."

"이게 한국풍 요리인가?"

"예."

"……."

트리스탄은 맨 먼저 볶은 고추장 소스의 새우살을 집어 들었다.

우물!

장태는 담담하게 바라보았다. 하지만 안나는 그러지 못했다.

장태 뒤에 어슷하게 비껴선 그녀 역시 숀리처럼 긴장감으로 목젖이 거칠게 움직이고 있었다.

아이들도 새우를 먹었다. 먹으면서 눈알이 움직인다. 맛을 탐색하는 것이다.

"매콤?"

"그래도 맛있는데?"

두 아이가 나눈 대화였다. 그사이에 트리스탄은 고추장 소스가 발린 새우살을 소스에 찍었다.

우물!

이번에도 역시 말은 없었다.

뒤를 이어 된장 소스의 새우살을 먹고, 간장 소스의 살을 먹고, 마지막으로 김치로 감싸인 새우살을 먹었다. 그것들 역시 차례차례 소스에 찍혔음은 물론이었다.

"이 소스들에 대해 좀 설명해 보세요."

트리스탄이 무표정하게 물었다.

"검붉은 빛은 고추장이라고 한국의 전통적인 발효식품입니다. 주원료는 고추. 즉 칠리고요, 두 번째 소스인 된장 역시 발효식품으로써 콩으로 만들었습니다. 세 번째는 간장이니 아실 것이고 마지막 절임배추가 바로 한국의 특산품으로 불리는 김치입니다. 원래는 붉은색인데 물에 씻어 색을 빼고 전체적 색감을 맞췄습니다."

"그렇다면 전부 발효식품?"

"예, 다만 외국인들은 다소 거친 맛으로 느낄 수 있어 약간의 조합을 거쳐 혹시 모를 거부감을 낮췄습니다."

"으음……."

트리스탄은 짧은 신음으로 반응을 대신했다.

"맛이 독특해."

에이미 역시 맛을 음미하고 있었다. 요리를 배우는 학생이라 달랐다. 그러나 헨릭은 아니었다, 표정을 보아하니 그에게는 그리 환상적인 맛은 아닌 것 같았다.

트리스탄이 마지막 살점을 잡았다. 그는 정말이지 맛의 구도자처럼 철저하게도 음미를 했다.

'미슐랭 별 심사를 받을 때의 기분이 이럴까?'

장태는 혼자 생각했다. 언젠가 이태리의 한 레스토랑을 거칠 때의 일이었다. 그 레스토랑은 미슐랭 별 진입이 유력한 상황이었다. 오너 쉐프는 피가 말라갔다. 미슐랭의 별 심사는 여러 과정을 거친다. 어쩌면 손님 중에 심사단이나 추천단이 있을 수도 있었다. 그렇기에 손님의 반응 하나하나가 쉐프의 애를 끓인 것이다.

꿀꺽!

마지막 살점이 트리스탄의 목을 넘어갔다.

그리고…….

터엉!

느닷없이 일어선 트리스탄이 장태의 테이블을 후려쳤다.

"……?"

담담하던 장태의 눈에 격랑이 몰아쳤다. 안나의 눈에는 파도가 일었다. 물론, 창 안의 숀리와 세준의 눈에는 쓰나미가 일고 있었다.

"쒸엡!"

트리스탄의 입이 숨 가쁘게 열렸다.

"요리에 무슨 실수라도……?"

"당연히 실수지요!"

트리스탄의 목소리가 한없이 높아졌다.

실수!

그 한마디가 장태의 뇌리를 후려치고 지나갔다. 순식간에 요리의 전 과정을 소환해 보았다. 가재는 버터와 암염을 뿌려 구웠다. 꼬냑을 소량 가미했다. 버터와 꼬냑 냄새를 깐 건 서양인의 기본 입맛을 고려한 조치였다. 그래서 실수라는 걸까? 한국인은 버터를 선호하지 않는다는 걸 모를 리 없는 그였다.

만약 아니라면…….

소스가 너무 난폭했다는 걸까? 매운 고추장과 깊은 맛의 된장… 그건 서양인들이 잘 모르는 소스였다. 익숙하지 않으니 싫어하는 사람이라면 짜증이 날 수도 있었다.

그것도 아니라면…….

바탕에 그린 소스 때문일까? 푸른색은 입맛을 낮추는 것이니 기본을 어겼다고? 하지만 그건 단순한 분위기용이었기에 식감을 떨어뜨릴 정도까지는 아니었다.

"아직 감을 못 잡은 모양이시군?"

트리스탄의 시선은 장태에게서 떨어지지 않았다.

"예. 말씀을 해주시면……."

"그렇다면 당연히 말해드리지요. 암!"

"……."

"이 요리 말이요, 한국풍의 금닭새우!"

"예……."

"이 요리가 레귤러 메뉴입니까, 아닙니까?"

"실은 오늘 처음으로 선보인 겁니다만……."

"그러니까 당신이 실수라는 겁니다."

"트리스탄!"

"당신 제정신입니까? 이 정도 맛이라면 당연히 레귤러 메뉴에 넣어야지 왜 이런 맛을 감춰둔단 말입니까? 이건 맛을 탐닉하는 사람들에 대한 무례이자 셰프의 도리가 아니에요!"

"……?"

장태는 파뜩 고개를 들었다. 트리스탄의 시선은 그때까지도 장태의 얼굴에서 떨어지지 않고 있었다.

"충고하건대 이걸 레귤러 메뉴에 넣으세요. 단언컨대 이것 하나만으로도 당신은 미슐랭 별 하나는 먹고 들어갈 수 있을 겁니다."

"트리스탄……."

"잘 먹었소. 세 가지 독특하고 스페셜한 소스의 맛! 그리고 마지막에 발효된 채소로 감은 새우살……. 가히 판타지 자체였던 것 같습니다."

"트리스탄……."

"허어, 정말 대책 없는 셰프로군. 이쯤 되면 이 요리가 한 접시 더 나와야 하는 거 아닙니까?"

굳었던 트리스탄의 얼굴에 확 미소가 감돌았다. 흡사 금닭새우의 철갑이 열리며 풍후한 담백미가 터져 나오는 듯한 미소였다.

"쉐프!"

멍한 장태의 정신줄을 안나의 목소리가 흔들었다.

"예?"

"손님께서 한 접시 더 청하시고 계세요."

"아, 예……."

장태는 본능적으로 꾸벅 인사를 하고 돌아섰다. 실은 다리가 후들거리고 있었다. 그걸 표시내지 않으려고 이를 물고 걸었다. 겨우 주방에 들어선 장태는 등을 벽에 기대고 거친 숨을 골랐다.

"쉐프!"

숨 돌리기 무섭게 숀리와 세준이 보였다.

"쉐프!"

숀리가 달려들었다. 세준도 지척까지 다가와 콧등을 훌쩍거렸다.

"얘들이 왜 이래? 손님이 한 접시 더 주문한 거 못 들었어?"

장태는 둘을 살며시 밀어내고 조리대로 향했다.

트리스탄…….

한국풍 금닭새우…….

한 접시 더…….

미슐랭 별 하나급…….

'그렇단 말이지?'

세 가지 장과 김치를 바라보던 장태, 결국은 참지 못하고 주먹을 불끈 쥐고 말았다.

'나이쓰!'

정말이지 나이쓰였다.

*　　　*　　　*

"마치 한 편의 진한 맛 여행을 다녀온 기분입니다."

다시 한 접시를 비워낸 트리스탄. 마지막으로 나온 파메르산 치즈와 아보카도 샐러드, 거기에 보태진 허브와 당근 들깨꽃대의 세 가지 부각을 즐기며 웃었다. 그의 얼굴에는 더 이상 순례자 같은 진지함은 엿보이지 않았다.

"이것도 좋아요. 어떻게 만든 거죠?"

트리스탄은 부각에도 깊은 관심을 보였다. 만드는 법과 재료를 찍고 고추장 간장 등도 찍었다. 먹고 찍고 쓰고, 맛 칼럼리스트도 녹녹한 직업은 아닌 것 같았다.

"다행이군요."

테이블 앞에서 장태가 웃었다.

"솔직히 좀 쫄았었죠?"

"예? 예……."

"대개들 그래요. 내가 뜨면 쉐프들이 바짝 긴장을 하죠. 그런데 나는 그것부터가 마음에 안 듭니다. 사실 나는 단점을 찾으려고 맛난 요리를 찾아다니는 게 아니에요. 다만 거기 있는 단점을 지적할 뿐이죠."

"그렇군요."

"그런 면에서부터 손 쉐프는 달랐습니다. 나를 그리 경계하지 않았거든요."

"그야 저는 잃을 게 없으니……."

"하핫, 정말 솔직하군요. 하지만 내가 아는 쉐프들 중에는 잃은 게 없는 사람들이 더 경계심이 강했답니다."

"네?"

"잃을 게 없는 게 아니라 앞으로 발전해야 하잖아요? 그런데 이루지도 못한 상태에서 나한테 찍히면 끝장이라는 졸렬한 생각?"

"……."

"손 쉐프는 어땠습니까?"

"그런 생각이 없는 건 아니었지만 그냥 잊어버렸습니다. 죄송하지만 트리스탄도 한 사람의 고객으로 생각했거든요."

"그게 바로 바른 쉐프의 자세입니다."

"고맙습니다."

"아까 한 말 괜한 말이 아닙니다. 사실 한국요리를 몇 차례 먹어봤지만 특색이 없었어요, 왜 그런지 아세요?"

"……."

장태는 대답하지 않았다. 알 것 같기도 모를 것 같기도……. 그렇기에 그냥 듣는 편이 나을 것 같았다.

"너무 타이틀에 집중하기 때문입니다. 뭔가 대표적이고 그럴듯한 것을 내세우자……. 그래서 나온 게 불고기와 비빔밥, 떡볶이 정도죠. 떡볶이는 주요 메뉴로 안 통한다는 거 쉐프도 아실테고……."

떡볶이는 안 통한다.

물론 트리스탄의 개인 견해일 수도 있었다. 하지만 그는 미국에서도 내놓으라 하는 미식가이자 맛 칼럼니스트. 아무런 근거도 없는 말을 할 리가 없었다.

이유는 장태도 대략 알고 있었다. 뉴욕에서도 그랬다.

한국음식을 세계에 알리겠다고 들어온 아이템 중에 떡볶이가 있었다. 반응도 괜찮았다. 매콤한 맛에 호기심을 보인 것이다. 그러나 단지 호기심이었다. 다른 나라에서 자리를 잡으려면 주요 메뉴가 되어야 하는 것. 거기까지는 아니었다.

한국에서 성장한 토종 요리사들은 잘 모르고 있었다. 서양인들은 입안에 끈적하게 달라붙는 떡을 좋아하지 않는다는 사실. 그걸 무시하고 그저 '한국의 대표음식'이라는 타이틀만으로 밀어붙였던 것. 서양인들이 보인 호기심을 '선호'라고 착각해 버린 것.

호기심과 선호는 차원이 다르다.

"그런데 오늘 쉐프는 달랐습니다."

트리스탄의 견해가 계속 이어졌다.

"타이틀이 아니고 소품으로 접근한 겁니다. 아마 한국 사람들, 랍스터를 주요 요리로 먹지는 않겠지요?"

"예……."

"그것보세요. 그런데도 소스만으로 한국적 맛을 제대로 선보였습니다. 서양의 맛을 베이스로 깔았다지만 온전하게 한국적 맛이 주제였던 랍스터……. 이거야말로 서양인의 미각을 휘어잡을 뉴 푸드(New food)가 아닐까요?"

트리스탄의 말은 장태의 폐부를 관통하고 지나갔다.

역발상!

그가 말한 핵심은 그것이었다. 흔히들 요리하면 주메뉴에 집착하게 마련이다. 즉 주인공 중심으로 생각하다 보니 한계에 봉착했던 것. 하지만 소재만으로도 주제의 분위기를 바꿀 수 있다면?

양복…….

벼락처럼 그 옷이 장태를 휘감고 지나갔다. 양복은 서양 의상이다. 하지만 한국인들의 일상에 완전하게 정착되었다. 그것 역시 소재가 주제를 바꾼 것이다.

사람은 한국인이지만 양복을 입으면, 한복을 입은 것과는 확연하게 달라 보인다. 이제 와서는 거부감도 없었다.

'그렇군.'

장태는 고개를 끄덕거렸다. 뼈를 후리는 긴장감으로 맞이했던 트리스탄. 그에게서 진리 하나를 깨우치는 순간이었다.

장태와 트리스탄이 대화를 나누는 사이에 헨릭과 에이미는 주방으로 들어갔다.

"숀리!"

에이미는 숀리 옆으로 다가섰다.

"친구들 하고 얘기해라."

눈치 빠삭한 세준은 바로 자리를 비켜주었다.

"우와, 여기 주방 간결하고 깔끔하다."

에이미가 주방을 돌아보며 말했다.

"우리 쉐프가 고안한 거야."

"효과적이고 합리적인 동선?"

"어, 너 요리 배우냐?"

숀리가 물었다.

"몰랐구나? 에이미도 요리학교에 다녀."

설명은 헨릭이 해주었다.

"으악, 정말?"

"그래. 그나저나 나 진짜 놀랐었어. 너 같은 오줌싸개가 요리를 하고 있다니……. 게다가 그렇게 유명한 행사에서 보조 쉐프까지 했다며? 처음에는 안 믿었는데 이렇게 보니까 믿어야겠네."

"헤헷, 그래도 아직 요리는 잘 못해."

"정말? 헨릭 말이 네가 만든 폰 수플레가 그렇게 죽여줬다던데?"

"뭐 폼 수플레는 좀 하지. 여기 피시앤칩스의 감자도 내 담당이거든."

"정말? 그럼 넌 이미 쉐프네. 너네 피시앤칩스 엄청 유명해."

"진짜?"

"그렇다니까. 우리 학교 애들도 너네 피시앤칩스 얘기 많이 하거든. 왕 부럽다. 숀리……."

에이미는 그냥 하는 말이 아닌 것 같았다. 덕분에 숀리의 어깨에 살짝 힘이 들어갔다.

"실은 우리 쉐프가 진짜 멋지긴 해. 게다가 쉐프의 스승님은 만들레이 베이의 총주방장님이고."

"우와, 만들레이 베이 호텔?"

에이미의 눈은 점점 휘둥그레졌다. 그녀는 요리학교에 다니는 거 맞았다. 그렇지 않고서야 만들레이 베이의 총주방장이 어떤 자리인지 알기 어렵기 때문이었다.

"아무튼 고마워 손리. 네 덕분에 나 트리스탄 아저씨하고 무척 친해졌어. 그리고… 어쩌면 우리 아빠가 되어줄지도 몰라."

끼어든 헨릭이 얼굴을 붉혔다.

"진짜?"

"응, 다 네 덕분이야. 아저씨가 그랬거든. 너하고 손 쉐프의 따뜻한 마음에 감동해서 나를 후원하게 되었었다고."

"쳇, 그럼 무조건 하버드 가. 가서 우리 놀려먹던 지미랑 쉴더 같은 자식들 콧대를 부러뜨려 버려."

"걱정 마. 헨릭, 이번 학기에도 톱이래. 이렇게만 나가면 하버드 문제없어."

에이미가 소리쳤다.

"대신 너, 훌륭한 사람 되었다고 다 무시하면 죽을 줄 알아."

손리는 헨릭을 향해 귀여운 으름장을 놓았다.

"걱정 마라. 누가 뭐래도 넌 내 친구니까."

헨릭은 찡긋 윙크로 화답했다.

"우와, 여기서 피시앤칩스 감자 튀기는 거야?"

튀김 솥 앞으로 달려간 에이미가 부러움 섞인 소리를 냈다.

"해보고 싶냐?"

"응, 학교 실습대하고는 완전 다르잖아. 게다가 유명한 피시앤칩스 주방이라니……."

"그럼 기다려 봐."

손리는 조리복을 단정하게 하고 장태에게 향했다. 허락을 받으려는 생각이었다.

“쉐프가 허락했어. 피시앤칩스를 만들어도 좋대.”

“정말?”

에이미는 까무러치기 직전이었다.

“그런데 너희들 더 들어갈 배가 남았냐?”

숀리가 물었다.

“당연하지.”

에이미와 헨릭은 아예 합창을 했다.

좌아아!

좌아아아!

대구살 한 점이 기름 솥에 들어갔다. 뒤를 이어 에이미의 것도 들어갔다.

“헨릭, 나 사진 좀 부탁해.”

에이미는 여자답게 인증샷을 잊지 않았다.

응?

잠시 후, 기름 위로 떠오른 대구를 보던 숀리의 눈이 휘둥그레졌다. 에이미의 튀김옷은 거의 완벽했다. 자랑질을 하려던 숀리로서는 움찔할 수밖에 없었다.

“……!”

그건 감자튀김도 다르지 않았다. 감자를 벗기고 써는 동작, 자세, 감자를 물에 담갔다 꺼내 기름 솥에 쏟아 넣는 동작까지 에이미의 솜씨는 흠잡을 데가 없었다.

“에이미…….”

“왜?”

숀리의 말에 에이미가 돌아보았다.

"너 제법이다?"

"피이, 너야말로 굉장하네? 난 내 또래에서 내가 최고인 줄 알았는데……."

"야, 그 정도면 요리학교에서 최고 아니야? 칼질도 완전 고수잖아?"

"그런 소리 마. 나 이번에 청소년 요리 대회 나가려는데 이 정도로는 어림도 없을 거 같아."

"너도 그 대회 나가?"

"그럼 숀리 너도?"

숀리와 에이미의 시선이 허공에서 충돌했다.

"너도 나가는구나……."

"우와, 숀리! 이게 웬일이래. 우리 대회에서 맞붙는 거야?"

에이미는 방방거리며 좋아했다.

"쳇, 그럼 나는 누굴 응원해야 하는 거야?"

헨릭은 고민스럽다는 표정을 지었다.

"얘, 헨릭……."

그때 에이미가 헨릭의 옆구리를 찔렀다. 헨릭은 장태를 보며 멈칫거렸다.

"우리 쉐프에게 뭐 할 말 있냐?"

눈치 빠른 숀리가 물었다.

"실은 부탁이 있는데 들어줄지 몰라서……."

헨릭이 목소리는 자꾸만 기어들어 갔다.

"쉐프!"

숀리는 그 즉시 장태를 불렀다. 놀란 헨릭이 숀리의 입을 막았지만 늦은 후였다.

"할 말이 있다고?"

장태가 다가와 헨릭과 에이미를 바라보았다.

"비켜, 내가 말할게."

당찬 에이미가 나섰다.

"실은 말이죠……."

에이미는 진지하게 입을 열었다. 고아원 일이었다. 숀리가 자란 곳은 아니었다.

그녀는 LA 지역 다른 고아원의 한 아이와 SNS로 연락을 주고받고 있었다.

그런데 그 고아원에서 초대형사고가 터졌다. 한 독지가의 주선으로 유람선 여행에 나섰던 아이들이 배가 전복되는 사고를 만나 세 명이 죽었던 것이다. 그로 인해 우울 모드에 돌입한 고아원.

"쉐프의 맛난 요리로 위로해 줄 수 없을까요?"

에이미의 목청은 또렷했다.

"……."

"힘들 줄은 알고 있어요. 숀리의 말을 들으니 너무 바쁘시더라고요."

"……."

"하지만 도와주시면 좋겠어요."

"……."

"역시 어렵나요?"

"도와주마!"

"예?"

마침내 열린 장태의 말에 에이미가 소스라쳤다. 기대 밖의 답이 나온 것이다.

"정말이죠?"

"그래. 그러니 걱정 말고 가거라. 내가 그쪽 고아원에 연락해서 준비를 해볼 테니."

"와아, 나이쓰!"

기쁨에 겨운 에이미가 숀리의 볼에 키스를 작렬했다. 그러자 헨릭도 자기 볼을 내밀며 소리쳤다.

"야, 나는!"

* * *

"형!"

트리스탄이 떠난 후에 세준이 먼저 입을 열었다.

"말해라."

"저분 말이야, 트리스탄……."

"미식평론가?"

"그거 말고 아까 하신 말 말이야."

"너도 들었냐?"

장태가 웃으며 대꾸했다.

"그걸 어떻게 못 들어? 난 지금도 가슴이 벌떡거리는데……."

세준의 목소리가 높아졌다.

"나도 그래요."

안나의 볼도 상기되기는 마찬가지.

"저분 말대로 가는 게 어때요? 미슐랭 별이 뭐 하늘에서 아무 때나 떨어지는 별똥별인가요?"

"별을 따자?"

"그럴 수만 있다면 좋잖아요."

"진정해라. 당장 별을 주겠다는 게 아니야. 게다가 그냥 인사치레일 수도 있고."

"하지만 저분, 그런 사람이 아니에요. 그동안 미식평론한 거 찾아봤는데 괜한 소리는 안 하는 사람으로 정평이 났더라고요."

"그건 나도 알아."

"그러니 이런 기회에… 우리도 뭐 대표 메뉴 하나 있으면 좋잖아요. 너네 레스토랑 뭐가 최고냐? 우리 레스토랑 코리아 타입 장 소스 랍스터가 최고다!"

세준의 목소리는 점점 높아졌다.

"우린 이미 대표 메뉴 있다. 피시앤칩스!"

"그건 알지만 메인테이블의 메인은 없잖아요."

"안나 생각도 그래요?"

장태가 안나를 돌아보았다.

"주제넘지만 좀 그래요. 뭔가 하나 중심을 잡아두면 쉐프도 덜 고생할 것 같고……."

"숀리, 너는?"

"저도 조금은……."

"다들 너무 고무된 거 아니야? 단지 한 사람의 반응을 가지고……."

"그럼 몇 번 더 시험을 해보면 되잖아요. 슐런트와 그 지인 미식가들을 모셔다가……."

"어머, 그것도 좋겠네요. 강 쉐프님께도 자문을 구하고요."

안나도 의견을 보탰다.

슐런트와 지인 미식가들.

거기에 스승 강형규.

하긴 그 정도라면 객관성을 얻을 만도 했다. 그래도 부족하면 슐런트에게 정식으로 부탁해 아는 지인 미식가를 더 동원할 수도 있었다.

초황!

장태는 간판을 돌아보았다.

한국식 랍스타!

일단 한국식이라는 말은 잘 어울렸다. 물론 장태의 마음도 그랬다. 서양요리에 빠져 있지만 그 유전자의 바탕은 한국에서 온 것. 당연히 한국적인 것에서 벗어날 수도, 벗어날 생각도 없었다.

조금 더 질러가 보았다.

요리의 세계적 추세!

퓨전이 대세다.

요리의 고정화 시대는 지난 지 오래다. 뉴욕을 보면 알 수 있고 로마를 보면 알 수 있다. 저 유명한 파리도 마찬가지다. 그들은 비록 가장 느리게 퓨전을 맞이하고 있지만 그 대세만은 예외일 수 없었다.

그러나 그런 추세보다 더 중요한 건 차별화.

레스토랑이, 쉐프가 이 지난하고 격렬한 맛의 세계에서 살아

남으려면 다른 셰프와의 차별화가 필요했다. 단순히 요리를 잘 하는 것만으로는 경쟁력이 떨어지는 것.

'선생님을 한 번 만나 봐야겠어.'

장태의 마음이 기울기 시작했다.

별 때문은 아니었다.

내세울 것 없는 한국식 요리. 하지만 한국의 대표적인 발효 장을 베이스로 한 맛을 응용해 새로운 센세이션을 일으킬 수 있다면? 그건 한국인의 자부심이자 새로운 맛을 추구하는 셰프의 의무일 수도 있었다.

몇 가지를 챙긴 장태, 그 길로 차에 시동을 걸었다.

그것 말고도 스승과 할 말이 있던 차였다.

"트리스탄?"

하루 일과를 마친 스승이 냉장창고 앞에서 장태를 돌아보았다.

"예……."

"그 친구가 그런 말을?"

"지나가는 말이었을까요?"

"그렇지는 않겠지."

스승이 테이블에 앉아 보조 셰프가 차를 가지고 들어왔다. 금발의 젊은 여자였는데 새로 온 수습생으로 보였다.

"고마워."

스승은 수습생에게도 예를 잊지 않았다. 요리를 가르칠 때는 혹독할 정도지만 그 시간이 지나면 온화한 성품. 잘은 모르지만 금발은 행운아가 틀림없었다.

"트리스탄이 장맛에 빠졌다?"

"여기 샘플을……."

장태는 포장된 요리를 내밀었다. 남은 금닭새우살에 아까 쓴 장 소스를 바른 것이었다.

우물…….

스승은 신중하게 한 점씩 맛을 보았다.

"어떻습니까?"

"……."

"……."

"좋은데?"

스승은 한 박자 늦게 반응했다.

"정말입니까?"

"그래. 금닭새우의 담백함을 방해하지 않으면서도 독특한 소스의 세리머니가 느껴져. 짜릿하지만 아프지 않은… 자극적이지만 뒷맛이 묵직한……."

"한번 시도해 볼까요?"

"가치는 있겠군. 코리아 타입과 서양 타입 두 가지로 이원화하면 안전장치도 될 테고……."

"아……."

"트리스탄이라면 진짜 별을 딸 수도 있겠는데?"

스승이 웃었다.

"그분은 괜히 해본 말 아닐까요?"

"그건 나도 모르지만 전체 쉐프들에게 던지는 메시지인 건 분명하네."

"메세지요?"

"이런저런 퓨전들이 나오고 있지만 결국은 국적불명의 잡탕으로 끝나는 게 대다수 아닌가? 사실 퓨전이라는 이름이 나오면서 쉐프들은 해이해진 경향이 있어. 요리와 음식의 기원을 따라가 치밀한 연구 끝에 새 맛을 이루는 게 아니라 퓨전이라는 이름 속에 수고하는 절차를 내다버리는 친구들이 많지. 하지만 자네의 이 요리는 번잡하지 않으면서도 확실한 기원을 알려주고 있네. 먹는 누구나에게 말이야. 트리스탄처럼 줏대가 있는 친구들은 그걸 원하고 있는 거야. 네 멋대로 지어내지 말고 설득력을 갖춰라. 그런 면에서 자네의 이 요리는 아주 제격인 거지."

"……."

"나는 강력 추천이네. 이만큼 독특한 맛을 가진 퓨전은 흔하지 않아. 랍스터나 바닷가재 맛을 즐기는 또 하나의 즐거움이 될 것 같군."

"선생님이 그러시다면 한 번 더 연구해서 시도해 보도록 하겠습니다."

"그러시게. 다만, 질 좋은 장을 안정적으로 받을 수 있는 길을 찾아야 할 것이네. 여기가 미국이다 보니……."

"알겠습니다."

"다른 일은 없고?"

"실은 백악관에서 왔었습니다."

"백악관?"

"예."

"대통령 연회 쉐프로 초빙을 받았나?"

"그건 아니고, 정부 요인들이 다른 나라 사람과 중요한 회담을 하는데 거기 연회를 맡아달라고……."

"전초전이군."

스승의 눈에 진지함이 번져 갔다.

"전초전이요?"

"대개 그런 식으로 백악관과 연결되는 경우가 많다네. 정상들도 사람인지라 남의 나라 정상들과 만날 때는 뭔가 분위기의 반전이 필요하지. 맛있는 요리는 그런 면에서 유용하고……. 그래서 자기 마음에 드는 쉐프를 골라 해외순방을 가는 대통령들은 아주 많아."

"선생님은……."

해보셨습니까?

하고 물으려다 입을 닫고 말았다.

강형규!

오직 빈자를 위한 쉐프로 살아온 사람. 그에게는 노숙자와 난민들이 총리이자 국왕이고 대통령이었다. 그런 그에게 그건 금지된 질문.

어쩌면 지금 장태의 상황조차 그와는 엇박자일 수도 있었다. 그런데도 그는 진지하게 자문에 임하고 있었다. 그만큼 장태를 신뢰한다는 반증이었다.

"그런 일에 목을 맬 필요는 없지만 피하지는 마시게. 그 또한 자네를 발전시키는 계기가 될 수 있을 테니까."

"예……."

"하긴 어째서 그렇지 않을까? 내 생각이지만 조금 더 있으면 자네를 찾는 사람이 많아질 걸세. 비단 미국 정부뿐만이 아니라……."

스승은 느긋하게 웃었다.

"그리고 한 가지가 더 있습니다만……."

"또 뭔가?"

"혹시 알고 계십니까? 스베뜰라나 쉐프……."

"누구?"

스승이 기댄 등을 활처럼 일으켰다.

"스베뜰라나요."

"폴란드 쉐프 스베뜰라나?"

"예."

"그 친구를 자네가 어떻게 아나?"

"여기 가까운 벨라지오 호텔에 초빙 쉐프로 와 있다고 합니다."

"그래?"

"그런데……."

장태는 잠시 여운을 남긴 후에 말꼬리를 붙였다.

"그분이 어떻게 저를 알고 요리 하나를 보내왔더군요."

"요리?"

스승의 눈에 벼락같은 핏발이 곤두섰다. 순간, 장태의 뇌리에도 뇌전 같은 영감이 스쳐 갔다.

"혹시 선생님도?"

"맞췄나?"

스승은 거두절미하고 물었다.

이 말은…….

스승도 같은 경험을 했다는 것?

4장

스파이스의 마법사

"맞췄냐고 물었네."

"선생님……."

"아니었나? 자기 요리 속에 들어간 스파이스를 맞추라는 거?"

"그렇습니다만……."

"어땠나?"

스승은 장태에게 꽂힌 시선을 절대 접지 않았다.

"그래서 저도 요리를 한 접시 보냈습니다만……."

"……?"

"그랬더니 한 번 보자는 전갈이 왔습니다."

"맙소사, 맞췄군?"

스승의 눈에서 힘이 쭉 빠지는 게 보였다.

"선생님……."

"미안. 잠깐만……."

말을 막은 스승은 남은 차를 단숨에 비워내고도 모자라 한 잔을 더 시켜 그것까지 비워 버렸다.

"스베뜰라나……."

물을 마신 스승은 잠시 이름을 되뇌었다.

스승도 그와 대면한 적이 있었다. 장태는 그걸 알 수 있었다.

단순히 미래의 어느 날 겨뤄보고 싶은 쉐프가 아니라 이미 대면한 사이라는 것.

"정말 대단하군……."

숨을 고른 스승이 다시 장태를 바라보았다.

"선생님……."

"그 친구, 실은 내게도 요리를 보냈었네. 폴란드에 갔을 때 일이지. 그는 실력이 좀 있다고 생각되는 쉐프가 가까이 있으면 늘 그런 식으로 테스트를 한다네."

"그럼 선생님도?"

"아니!"

스승은 강력하게 고개를 저었다.

"……?"

"나는 맞추지 못했네."

"예?"

"그의 테스트를 통과하지 못했다고."

"선생님……."

"자네에게 쓴 스파이스는 뭐였나?"

"그건……."

"말하기 곤란하면 안 해도 되네."

"그래서 그러는 게 아니고, 제게 보낸 요리 안에는 온갖 스파이스가 다 있는 것 같았지만 정작 아무 스파이스도 없었습니다."

"응?"

"스베뜰라나는 오직 식재료 자체의 맛만으로 맛을 냈더군요. 그렇기에 미세하지만 모든 맛이 들어 있었고, 반대로 보통 쉐프들이 첨가하는 스파이스는 하나도 없는……."

"오직 식품 고유의 맛만으로 맛을?"

"예……."

"그게… 그거였군."

스승의 눈에 아련함이 스쳐 갔다. 이제야 알겠다는 처연한 느낌. 동시에 허무함 또한 천장에서 바닥을 치는 듯한 느낌이었다.

"그럼 선생님도?"

"그런 것 같네. 나도 그 친구의 요리를 받아 들고 음식이 상할 때까지 고민에 고민을 거듭했지만 답을 맞추지는 못했다네. 그 친구, 내가 답을 말하자 빙그레 웃고 돌아서더니 다시는 나를 상대하지 않았거든."

"……."

"내가 답을 물을 때 그는 하늘을 가리켰다네. 그때 어렴풋이 그런 생각이 들었는데……. 과연 그랬군. 오직 하늘이 준 그대로의 요리……."

"선생님……."

"스베뜰라나. 자네도 알지 모르지만 그 친구는 스파이스의 마법사라네."

'스파이스의 마법사?'

"지구 상의 모든 스파이스를 자유자재로 쓰는 친구지. 나는 그 선입견에 가로막혀 스스로의 덫에 빠지고 만 거였네."

"그러셨군요."

"과연 자네야. 이제는 이토록 오랜 상흔으로 남은 내 상처의 딱지마저 떼어주다니……. 때때로 그때의 기억이 나를 암담하게 만들기도 했거든."

"……."

"그 친구도 뜨끔했겠어. 간만에 임자를 만난 격이니……. 혹시 초청을 받지 않았나?"

"그걸 어떻게 아시죠?"

장태가 물었다.

"역시, 역시 그렇군. 스베뜰라나……."

스승은 혼자 고개를 끄덕이더니 남은 말을 붙여주었다.

"아마 자네에게 요리 대결을 청할지도 모르네."

"……!"

"오래전 그때에 들은 이야기네만 아마 그럴 거야. 그는 자기의 테스트를 거친 쉐프를 높게 평가하지. 그래서 요리 대결을 청한다고 하네. 가장 가까이에서 그 쉐프를 느끼기 위해."

"……?"

"물론 걱정할 건 없네. 그는 크리스와 달라 누구를 죽이고 살리기 위해 그러는 게 아니라 다른 쉐프의 심오한 요리 세계를 알고 싶어 하는 겸허한 마음의 소유자니까. 그야말로 정통 쉐프의 자세랄 수 있잖은가?"

"그래서 선생님이 그분과의 대결을 원하셨군요?"

"그만한 쉐프라면 일생에 한 번 배우고 싶은 쉐프가 아닌가?"

"……."

"손 쉐프."

"선생님……."

"혹시 그가 정말 요리 대결을 청하거든 응하시게. 부담 갖지 마시고……."

"……."

"과연, 과연 자네 말을 따르길 잘했군. 이런 날까지 보다니……. 나를 외면한 스베뜰라나가 자네에게 초청장을 보내다니……."

스승의 몸은 이야기만으로도 감회에 떨었다.

인사를 마치고 나온 장태는 깊어가는 빌딩숲을 바라보았다. 저만치 먼 곳에 벨라지오가 보였다. 그 역시 만들레이 베이에 못지않은 찬란함 속에서 위용을 뿜고 있었다.

그리고 그 안 어디엔가 있을 스베뜰라나…….

거미줄 인생!

그 말이 떠올랐다. 삶이란 거미줄 같은 인연의 연속으로 이어진다더니 정말 그랬다. 하나하나 독립되어 있지만 실은 자연 안에서 조화를 이루는 맛의 세계. 그것처럼 삶의 인연에도 홀로 외떨어진 건 없는 모양이었다.

스베뜰라나. 스승이 그토록 겨누던 명쉐프…….

그를 만나게 된다.

스승을 만나기 전까지는 하나의 호기심이었던 스베뜰라나.

이제는 그가 하나의 설렘으로 변하고 있었다.

스파이스의 마법사 스베뜰라나.

*　　　*　　　*

일요일 아침, 장태는 다른 날과 같이 레시피 복기로 하루를 열었다.

오늘의 주제는 타락죽(駝酪粥)!

타락죽은 죽이지만 그냥 죽은 아니다. 궁중이나 상류층에서 먹던 귀한 보양식이다. 때로는 임금께서 원로 문관들을 예우하기 위해 설치한 '기로소'라는 곳에 한턱 쏘기도 했던 바로 그 죽. 간단히 말하면 타락은 우유의 일종으로 우유죽으로 보면 되었다.

1) 찹쌀을 충분히 불린 후에 건져 내어 말린다.

2) 찹쌀가루를 곱게 갈아내고 솥에 한지를 깐 후에 약한 불에서 볶아 색을 낸다. 요게 포인트다. 얼마나 정갈한 느낌인가?

3) 한지를 제거하고 물을 넣은 후에 끓인다.

4) 물 양의 5배 정도 되는 우유를 넣어 함께 끓여준다.

5) 죽이 완성될 때쯤에 불을 끄고 잠시 뜸을 들인 후에 소금과 설탕을 넣어 간을 맞추고 그릇에 담아낸다.

한국식 죽은 이것들 외에도 여러 가지가 있었다. 미음과 응이, 암죽과 즙 등이 그것이다. 이름의 표현은 다르지만 전부 죽에 해당한다. 타락죽 역시 그중의 한 가지.

특이한 것에는 매죽도 있다.

겨울철, 떨어진 매화꽃을 깨끗이 씻어낸 후에 눈 녹인 물로 삶는다. 흰죽이 익어갈 때쯤 한데 넣고 익혀내면 이게 바로 매죽이다. 매화꽃잎만 해도 예술적인데 그냥 물도 아닌 설수(雪水)로 요리를 하니 얼마나 풍류지천이란 말인가? 마치 계절을 숭덩 베어 넣은 듯한 느낌이 절로 나는 요리다.

멋지다.

부득 한국식 레시피를 떠올린 이유가 여기에 있었다. 한국의 대표 소스로 불리는 장 삼총사로 만든 금닭새우 요리. 그것을 완성시키자면 조금 더 한국 안으로 들어갈 필요가 있었다.

사실 장태는 한국요리에 익숙하지 않았다. 조리고등학교를 졸업하고 바로 미국으로 건너온 까닭이었다. 더구나 유년기는 미국에서 보냈다. 사람 자체는 순 한국인이지만 입맛은 다국적인 것이다.

한국에서, 한국요리의 대표주자는 단연코 된장과 김치찌개다. 그런데 이게 그냥 된장 넣고 김치 넣고 끓인다고 맛이 나는 건 아니다. 전문식당이라고 해도 제대로 끓여내는 주방장이 흔치 않는 것이다.

나아가 한국요리의 단점은 맛의 전수에 있어 '감(感)'에 의존하는 경우가 많다는 것.

〈~분량의 양념을 넣고〉

한국의 레시피를 보다 보면 이런 말이 흔하게 나온다. 간단히 말하면 그때그때 알아서 넣으라는 것. 물론, 아주 정확한 말이다. 다만 숙련이 전제되는 게 흠일 뿐이다.

서양에서는 '레시피'가 일상이다. 요리에 관심 있는 사람이 어떤 쉐프의 요리를 먹고 마음에 들면 레시피를 물을 수 있다. 대다수의 쉐프들은 거리낌 없이 레시피를 공개한다.

그러나 그들은 〈분량〉이라는 말대신 그램(g)이거나 밀리리터 등으로 계량화하여 말한다. 물론 그들도 스파이스나 허브 등은 '분량'에 가깝게 사용한다. 하지만 전체 맛을 좌우하는 소재들은 계량화가 일반화되어 있는 것이다.

그 대표주자가 바로 프랑스였다. 프랑스 요리를 한마디로 말하면 요리를 '정리하고 기록'하는 것이다.

왕실요리부터 서민요리까지 구분도 없다. 그 과정에서 요리 기술은 점점 발달하고 요리 문화도 풍성해졌다. 체계적인 기록과 정리가 뒷받침된 까닭이었다.

따라서 장태가 한국풍 소스의 랍스터를 메뉴화하려면 체계화된 레시피가 우선이었다. 그날그날 사람에 따라 맞춰주는 건 쉐프의 특권이지만 일단 '원판'을 갖추는 게 급선무.

장태는 구석에 꽂힌 한국요리책들을 뽑아냈다.

한국의 대표적 소스는 세 가지.

—간장!

—된장!

—고추장!

프랑스의 마더 소스는 다섯 가지.

—베샤멜 소스!

—벨루테 소스!

—에스파뇰 소스!

—토마토 소스!

—홀랜데이즈 소스!

어느 나라건 이들 기본 소스에서 맛이 출발한다. 스파이스도 그렇지만 민족의 맛을 담은 소스에서 그 나라의 천만 가지 맛이 완성되는 것이다.

간장, 된장, 고추장. 뒤에 붙는 장은 장(醬)이다. 장수 장(醬) 자가 들어 있다. 모든 맛의 최고봉이기 때문이다. 노트를 넘기니 장 제조법 수십 가지가 나왔다. 제대로 담가본 적은 없었다.

'안정적인 장의 공급…….'

스승의 말이 떠올랐다. 하나의 메뉴를 제대로 정착시키려면 그 재료들이 먼저 안정화되어야 했다. 한 번은 신기의 맛이 든 장, 또 한 번은 시장통에서 사온 맛대가리 장. 이래 가지고는 맛의 균형을 이루기 어렵기 때문이었다. 그렇기에 프랑스에서도 미슐랭 별 세 개는 3대를 거쳐야 한다는 말이 나오는 것이다.

두 할머니가 떠올랐다.

LA의 할머니와 한국에서 만난 할머니.

그분들이라면 맛난 장을 공급해 줄 단초를 제공해 줄 것만 같았다.

당장 전화를 걸었다. 다행히 긍정적인 답이 돌아왔다.

—내가 한국에 한번 알아봐 줄게.

이건 양숙자 할머니의 말.

—돈만 보내주면 내가 보내줄게.

요건 좌판 할머니의 대답.

일단 출발이 좋았다. 맛난 장이 확보되면 '마더 소스'가 확보되는 것. 그다음에 맛을 더하는 건 오직 장태의 몫일 뿐이었다.

기지개를 켜며 방문을 나섰다.

오늘도 할 일이 있었다. 굳이 오늘의 스페셜을 뽑아버린 것. 일요일이라 쉴 수도 있었지만 그동안 소홀한 측면도 있어 강행을 한 것이다.

'조용하네?'

옆방은 기척이 없었다. 안나까지도 늦잠인 모양이었다.

'하긴 일요일은 푹 쉬어야지.'

장태는 조리복을 챙겨 주방문을 열었다.

그런데!

"……?"

그 안에 세 사람이 있었다. 숀리와 세준, 그리고 안나까지.

"쉐프?"

세준 옆에 서 있던 안나가 먼저 돌아보았다.

"다들 뭐야?"

장태는 모른 척 다가섰다. 요리 실습이었다. 조리대에 펼쳐진 건 랍스터 요리 레시피들. 구석에서는 고정된 카메라가 돌고 있다. 요리 과정을 찍는 것이다.

오늘 그들이 만들고 있는 건 랍스터와 한국식 장(醬)의 매칭이었다.

"아, 푹 자지 왜 이렇게 일찍 일어났어요?"

세준은 겸연쩍은 듯 볼멘소리를 냈다. 등딱지를 벗기고 잘게 썰린 바닷가재. 장태 몰래 일찌감치들 수산시장을 다녀온 눈치였다.

"왜?"

장태가 한마디로 물었다.

"그냥요."

고개를 떨군 채 대답하는 솔리. 안나까지도 볼을 붉히는 모양이 안 봐도 동영상이었다. 장태의 한국식 바닷가재 요리에 대한 이해도를 높이려는 의도인 것이다.

"이건 누가 만들었냐?"

세 가지 장 소스를 찍어 맛보며 묻는 장태.

"제가……."

세준은 절반쯤 들어 올린 손으로 엉거주춤 대답했다.

"아무튼 잘해봐라."

장태는 더 참견하지 않고 빈 조리대로 옮겨갔다. 그래도 속마음은 훈훈했다. 두 가지 이유였다. 멤버들의 요리에 대한 열정, 나아가 장태에 대한 신뢰와 신념. 아침은 구경도 못했지만 푸짐한 요리를 먹은 듯 헛배가 불러왔다.

장태가 만든 건 아프리카 피자라고도 할 수 있는 '인제라'였다. 오늘의 스페셜. 당첨자가 젊은 날 처음으로 배낭여행을 나선 아프리카. 그곳에서 맛본 인제라를 잊을 수 없다며 부탁을 한 것이다.

'인제라'는 테프 가루로 만든다. 원래 레시피는 상온에서 3일간 반죽을 숙성시키는 것. 하지만 효모의 양을 더하고 온도를 맞추는 것으로 하루로 줄였다.

팬케이크보다 두툼한 두께로 빚어낸 장태, 팬에 해바라기 기름을 두르고 반죽을 올렸다. 인제라의 특징은 다른 색깔 없이 원재료 색으로 구우며 솜이불처럼 폭신거리는 식감이다. 또 다른 특징이라면 수저 등을 사용하지 않고 오른손으로 집어먹는 것.

"그런데 형."

간장 소스를 만지던 세준이 고개를 돌렸다.

"말해."

장태는 시금치를 데치며 대꾸했다. 인제라에는 데친 시침치도 제법 어울리기 때문이었다.

"우리끼리 얘기하다 말았는데 대체 프랑스 요리는 왜 그렇게 대우를 받는 거죠?"

질문은 세준이 했지만 안나와 숀리의 시선도 장태에게 꽂혀 있었다.

기특했다.

질문이 많다는 건 그만큼 요리에 관심이 많다는 증거니까.

"왜 그럴 거 같아?"

장태가 되물었다.

"검색해 보니 뭐라더라, 음식 문화가 다양하게 섞여 있어서? 그리고… 16세기에 이탈리아 메디치 가문과 프랑스 왕실이 결혼을 하면서 그쪽 고급 식문화가 들어오고 18세기에는 중국의 요리 문화를, 19세기에는 러시아의 코스 요리 문화를 흡수하면서 자리를 잡았다고만……."

"잘 아네."

"에? 그게 답이에요?"

"한 가지 더 하자면 국민성과 르코르동 블루?"

"……?"

"음식을 문화로 받아들여 느긋하게 즐기는 국민성과 전 세계 국가에 분원을 만들고 요리를 전수하는 한편 그들과 커뮤니티를 형성해 끊임없이 발전해 가는 자세 말이야."

"르코르동 블루는 프랑스 요리학교잖아요?"

"그래. 세계 많은 곳에 분원을 두고 있지. 한국에도 있고."

"그럼 쉐프, 우리 CIA가 좋아요? 르코르동 블루가 좋아요?"

이번에는 숀리가 손을 번쩍 들었다. 자주 듣던 질문이었다.

"글쎄, 숀리 네 생각은?"

"아무리 프랑스 르코르동 블루가 좋다고 해도 그래도 역시 CIA 아닌가요?"

"르코르동 블루에 대해서는 공부 좀 해봤니?"

"아뇨."

숀리가 고개를 저었다.

"그럼 르코르동 블루가 무슨 뜻인지도 모르겠네?"

"네……."

"파란 리본, 르코르동 블루의 뜻이야. 원래는 16세기 프랑스의 국왕 앙리3세가 만든 성령의 기사단의 상징이었지. 그들의 심볼이 바로 Le Cordon Blue, 프랑스어로 파란 리본이었거든."

"아……."

"그 기사단은 당대 최고의 음식들로 만찬을 갖는 것으로 유명했는데 그때부터 르코르동 블루가 최고의 요리를 상징하게 된 거야. 그러다 19세기 말에 그 이름을 딴 르코르동 블루 요리학교가 개설되었는데 미국 요리의 신화를 이룬 줄리아 차일드, 영국 최고의 제빵사 메리 베리 등이 모두 르코드롱 불루에서 실력을 닦았지. 현재의 오너는 세계 3대 꼬냑 브랜드의 하나인 '레미 마르탱'을 소유한 가문에서 책임지고 있고."

"그럼 CIA가 꿀린다는 건가요?"

"글쎄… 누가 좋다 나쁘다 하기 어려운 게 세계 3대 요리학교들은 저마다의 특성이 있거든. 르코르동 블루는 그렇고, CIA는 미국 내 톱 요리학교로서 세계 최대 요식업 시장인 미국이라는 인프라를 등에 업고 거대 기업들과의 협력이 활발하지. 원래는 2차 대전 후에 참전 귀환 용사들을 위한 직업학교로 출발했지만 지금은 비약적인 성과를 이루었고……. 마지막으로 일본의 쓰지 조리사전문학교는 기본에 치밀하면서 동양의 음식 문화를 특화시키며 차별을 이루고 있으니까. 거기서는 칼 가는 것 하나까지도 소홀하지 않는다고 들었거든."

"에, 그럼 결국 무승부라는 건가요?"

숀리가 울상을 지었다.

"아니, 굳이 따지자면 아직은 프랑스 르코르동 블루가 근소한 우세라고 할 수 있겠지."

"으악!"

"너희들 또 내기 걸었구나?"

"예……."

"숀리 너는 CIA?"

"예……."
"졌네?"
"네."
숀리의 어깨 높이가 푹 떨어지는 게 보였다.
"뭐 내기했는데?"
"오늘 점심 메뉴 만들어주기요."
"그건 내가 맡는다."
"예?"
"안나!"
장태는 어리둥절해하는 숀리를 뒤로 하고 안나를 불렀다.
"오늘 쉬는 날이잖아요? 이거 가지고 가서 애들하고 놀다 오세요."
"어머, 500불이나요?"
봉투를 열어 본 안나가 화들짝 놀라며 말했다.
"그냥 주는 거 아니고 숙제예요. 드라이브하고 폭포에도 가보고, 두세 끼는 맛난 곳에서 요리 사 먹으면서 맛 경험 좀 하고 오라고요."
"그럼 피시앤칩스하고 랍스터 사 먹어야겠네요?"
"꼭 같은 것에서 아이디어나 영감을 느낄 필요는 없어요. 원래 영감이라는 건 엉뚱한 데서 나오는 거니까 내키는 대로 사먹으세요. 단, 이 맛은 어떻게 나오는 걸까? 하는 식의 호기심은 잊지 말고요."
"으악, 그러니까 오늘은 우리가 고객으로서 팍팍 쓰고 다니라는 거잖아요?"

숀리는 주먹을 쥐며 반색을 했다.

"알았으면 요리 마치고 빨리 출발하시죠. 내 마음 변하기 전에!"

"예, 쉐프!"

숀리와 세준은 목이 터져라 합창을 했다.

텅 빈 주방.

세 사람의 체취가 사라지자 커피 한 잔을 들고 앉은 장태가 주방을 돌아보았다. 주방 안에는 각종 스파이스 냄새와 골든 하트 공원의 냄새가 적절하게 섞여 있었다.

개업한 지 한 달도 되지 않은 초황. 괜히 마음이 알큰해졌다.

좋아하는 요리의 길을 들어온 지 어언 10여 년. 마침내 오너 쉐프가 되었다. 그리고… 웬만한 미슐랭 스타 레스토랑에 못지 않은 명사들과 관계를 맺었다.

그들의 호평도 받았다. 태평양을 건너던 20살 때를 생각하면 엄청난 발전이 거기 있었다. 긍정적으로 생각하니 커피 맛도 좋았다.

오늘의 스페셜을 전해주고 장 소스에 매달렸다.

한국적인 맛.

그러나 여기는 미국.

그 두 가지 전제를 깔고 수십 종의 장 소스를 섞었다. 심플한 맛부터 복잡한 스파이스의 배합까지. 랍스터는 숀리와 세준이 사온 것을 이용했다. 덕분에 시장에 나가는 수고까지 덜었다.

'흐음…….'

구운 간장과 생간장, 두 가지 베이스로 맛을 낸 소스에 구워낸 랍스터 살점. 기가 막혔다. 처음에는 담백하고 그다음에는 간장의 깊은 맛. 장은 정말이지 하늘이 내린 축복의 소스가 아닐 수 없었다.

'문제는 된장…….'

장태는 된장 소스에서 살짝 기세가 꺾였다.

된장의 맛은 투박하다. 뒷맛은 깊지만 여간한 사람이 아니고는 후한 점수를 받기 어려울 수 있었다. 이거야말로 서양적인 맛과의 조화가 필요한 구간이었다. 장태는 다섯 마더 소스와 매칭을 시작했다.

간장 된장 고추장이라고 해서 거기에 연연할 생각은 없었다. 다섯 소스와 결합해 가지를 치면 맛도 다양해지고 손님을 커버할 수 있는 범위도 넓어지니까.

'으음…….'

그렇게 만든 된장 소스를 찍어 우물거릴 때 입구 문이 활짝 열렸다.

"……?"

입에 가득 랍스터를 문 장태. 한 발을 들어선 사람의 모습에 그만 입에 문 랍스터를 흘리고 말았다.

"당신이 쉐프 손?"

마치 자기 집인 양 문에 살짝 기댄 채 손을 들어 보이는 사람…….

이 사람…….

굉장한 예감이 왔다.

그리고 장태는 한눈에 알았다. 그가 바로 스베뜰라나 쉐프라는 걸. 그리고, 그 예측은 틀리지 않았다.

*　　*　　*

은발의 스베뜰라나.

그는 호리한 체구에 맑고 투명한 초록 눈의 소유자였다. 유려하게 뻗은 어깨 곡선에 탄탄한 근육질, 그러나 군살 하나 없어 운동선수를 방불케 했다.

"손 쉐프 맞지?"

자연풍광처럼 담담한 표정의 그가 다시 물었다. 초면이지만 반말. 그럼에도 반감은 들지 않았다.

"그렇습니다만……."

장태의 눈이 그와 마주쳤다. 오랜 풍상을 거치고 우람하게 뻗은 거목. 한 치의 흔들림도 없는 묵묵한 거목의 눈길이었다.

나 스베뜰라나야.

거목의 눈이 그렇게 말했다.

그는 그대로 걸어 들어와 주방 한가운데 자리를 잡았다. 시선이 차분하게 움직이기 시작했다. 조리대를 보고, 조리기구를 보고, 냉장고와 바닥까지, 하나하나 음미하듯 바라보았다.

상대의 흠을 잡거나 폄하하려는 시선이 아니었다.

너는 이런 환경에서 요리를 하는구나.

그런 시선이었다.

"크레페… 멋졌어."

가만히 돌아보는 그의 얼굴에서 은발이 달빛처럼 고요하게 흔들렸다. 마치 깊은 심연의 물결인양 사람을 홀리는 몸짓이었다.

"스베뜰라나……."

그제야 장태, 신음처럼 중얼거렸다.

"알아보는군."

어떻게…….

어떻게 모를 수가 있겠어요? 당신의 온몸이 말하고 있는데…….

장태의 시선이 혀를 대신해 언어를 쏟을 때 그가 손을 내밀었다. 흡사 투명한 엘프가 다가오듯 환상 같은 움직임이었다.

손을 잡으며 장태는 잠시 머리를 흔들었다. 아주 잠시지만 혹시 꿈이 아닐까 싶었던 것이다.

"오늘이 쉬는 날이라 검색을 했는데 손 쉐프의 왕국이 지척이더군. 그래서 찾아왔지."

그는 언어조차 몽환적이었다. 그의 음성은 안개처럼 풀썩거리는가 싶다가도 습기처럼 촉촉하게 느껴지기도 했다.

"예……."

"이 칼은 당신 것이 아니군."

그의 시선이 숀리의 주방도에 닿았다. 눈은 조금 더 나아가 세준의 것까지 섭렵했다.

"저것도……."

네 칼은 어디 있지?

궁금해.

그가 장태를 돌아보았다.

장태는 가만히 걸어가 서랍을 열었다. 그 안에서 타오를 꺼내

놓았다. 무식하도록 장대한 푸주칼 타오가 청명한 빛을 튕겨냈다.

"역시……."

칼을 받아 든 스베뜰라나는 애정 어린 시선으로 타오의 구석구석을 감상했다. 칼 하나를 그렇게 깊은 관심으로 보는 쉐프는 처음이었다.

"어떻게 오셨는지……."

타오를 되받아 든 장태가 물었다. 이제야 정신이 좀 차려진 장태였다.

"그냥 궁금했어. 손 쉐프, 당신이……. 내가 호기심이 좀 많거든."

"……."

"노숙자들의 성자라……."

창으로 몸을 돌린 그가 골든 하트 공원을 바라보았다. 그 시선이 가는 직선 길에 노숙자들이 보였다. 언제나 비슷한 풍경. 그럼에도 불구하고 장태의 눈에는 달라 보였다.

지금!

여기!

아주 다른 사람과 함께 있기 때문이었다.

"그림이 아주 좋아. 손 쉐프, 당신……."

"무슨 말씀이신지?"

"거기 당신이 선 자리에 잘 어울린다는 얘기지."

"……."

"그 칼 말이야."

밖으로 향하던 그의 시선이 다시 장태를 향해 겨눠졌다.

"어디서 났지?"

"……?"

"낯이 익어서 말이야."

"……!"

"내 눈에 노안이 온 게 아니라면 그 칼의 임자는 따로 있었거든. 나만큼이나 요리에 호기심이 많던 동양인 쉐프……."

맙소사!

거기서 장태는 하마터면 다리가 풀릴 뻔했다. 이 남자, 스승을 기억하고 있지 않은가?

"쉐프 강, 강형규!"

장태가 말했다. 또렷한 발음이었다.

"당신이 이겼나?"

"내 스승입니다!"

"스승?"

장태의 대답에 그의 눈자위가 살짝 구겨졌다.

"예, 스승……."

"그렇군. 역시 세상은 좁아."

스베뜰라나의 눈자위는 다시 제자리로 돌아와 고요한 미소를 엿보여 주었다.

"그럼 그도 여기에 있나?"

궁금한 눈빛이다.

"아뇨. 하지만 당신 가까이에 있지요."

"가까이?"

"만들레이 베이의 총주방장입니다."

"오호, 정말 가깝군."

"……."

"출출한데……."

그의 시선이 조리대로 향했다. 요리를 청하는 것이다. 그러니까… 장태의 실력을 보여 달라는 뜻이었다. 느닷없이!

정말이지 느닷없이 찾아온 순간이었다.

스베뜰라나.

스승이 겨루고 싶어 하던 요리의 달인. 이렇게 다가올 줄은 꿈에도 몰랐던 장태. 하지만 그렇다고 피할 생각은 조금도 없었다.

"앉으시지요."

장태는 주방 구석의 의자를 당겨 그에게 권해주었다.

편하게 앉아서 감상하시오!

장태의 속뜻이었다.

물을 한 잔 받아 든 그는 느긋하게 자리를 잡았다.

애송이, 네 솜씨 좀 보자.

크리스에게서 엿보이던 그런 오만한 시선은 없었다. 그의 시선에 가득한 건 오만이 아니라 진실한 호기심이었다. 아이 같은 호기심이 장태의 머리카락을 쭈뼛거리게 만들었다.

스파이스의 마법사.

그 말이 조금씩 이해가 되어갔다. 동시에 그의 몸에 배인 천만 가지 스파이스의 냄새도 조금씩 느껴지기 시작했다. 이미 달인의 경지에 오른 사람. 그 사람의 오롯한 시선…….

'그냥 한 사람의 손님이야.'

장태는 자기 최면을 걸었다.

적색=백색=흑색=청색〉황색.

푸헐!

굉장한 호기심에 맞춰 식성과 식욕의 오방색을 짚어낸 장태. 하마터면 한숨을 토할 뻔했다. 그의 오방색은 그야말로 초유의 것이었다. 온갖 자극적인 맛의 선호도는 일찍이 저 많은 노숙자들에게서도 보지 못한 기세였다.

진정 그는 새로운 맛에 대한 도전자이자 탐험가가 분명했다.

'식품 선호도는…….'

해산물과 채소.

그를 읽어낸 장태가 조리대 앞으로 걸어갔다.

식재료로 꺼낸 건 새우와 가지, 그리고 버섯이었다.

그대로 그릴에 올려놓고 천천히 구웠다. 재료가 가진 향이 불맛을 받으며 은은하게 피어올랐다. 향을 즐기며 장태는 생각했다.

뭘 가미해야 할까?

어떤 방식으로 내야 할까?

조리대에 선 이상 어떤 이유로든 이미 대결은 시작된 것과 같았다.

상대는 스파이스의 마법사.

더구나 새롭고 자극적인 맛을 즐기려는 미식 탐험가.

그런 그의 입을 무엇으로 사로잡아야 할까?

수많은 스파이스와 허브들이 줄을 지어 지나갔다. 그중에서 장태의 간택을 받은 건 고차수였다.

중국 보이차의 원료로 쓰이는 것. 그러나 녹나무향(樟香)이나 연기향(煙燻香), 거기에 계피를 닮은 쓴 맛이 있어 스파이스로 쓰면 독특한 쓴맛이 나는 재료로 우연히 손에 넣은 것이었다.

천천히 열을 받은 재료들은 각각의 몸에서 나온 수분으로 자연 양념이 되었다.

그걸 질박한 접시에 담은 후 스베뜰라나에게 건네주었다. 플레이팅 같은 사치는 거의 부리지 않았다.

"입에 맞을지 모르겠습니다."

접시를 받아 든 스베뜰라나는 눈을 감은 채 향을 음미했다. 그러다, 번쩍 두 눈을 떴다. 포크를 잡은 그는 가지부터 찔렀다.

우물우물!

먹는 모습은 예상과 달랐다. 가지 속에 든 성분까지 확인하려 들 줄 알았지만 의외로 아이처럼 즐거운 표정이었다. 가지 다음에 버섯, 그다음에서야 새우였다.

처음에는 다소 구겨지던 스베뜰라나의 표정. 그 표정은 잠시 후에 살짝 펴졌다. 그리고 정확하게, 아니 적확하게 장태의 스파이스를 콕 집어냈다.

"고차수로군. 쓴맛 뒤에 따라오는 은은한 단맛……."

"……."

"아닌가?"

"맞습니다."

단숨에 스파이스를 집어낸 놀라운 능력. 그것 때문에 입이 한 박자 늦게 열린 장태였다.

인정!

장태는 고개를 끄덕였다.

“나도 칼 하나 주겠나? 보닝 나이프로.”

보닝 나이프라면 칼날이 단단한 칼. 주방에서는 주로 육류의 살을 바르는데 사용하는 칼이었다.

“이 앞치마 내가 사용해도 될까?”

그는 세준의 앞치마를 걷어들었다. 장태는 가만히 지켜보고 있었다.

“요리를 받았으니 나도 답례를 해야겠지?”

앞치마를 두른 그가 장태를 바라보았다. 답례라면 당연히 요리였다.

요리!

요리를 하겠다고?

“허락해 주시겠나?”

확인이라도 시키려는 듯 그가 물었다.

“얼마든지.”

“그럼 차분히 앉아서 기다리시겠나?”

이번에는 스베뜰라나가 의자를 가리켰다.

자박자박!

냉장고로 걸어간 그가 꺼내 든 건 우럭이었다. 가만히 냄새를 음미한 그는 처음 들었던 걸 내려놓고 옆의 것을 집었다. 다음으로 꺼낸 건 아스파라거스와 느타리버섯, 레몬과 양파가 전부였다.

‘소테?’

그가 철판 앞으로 다가설 때 장태는 그의 의도를 그려보았다.

소테는 서양요리의 기본조리법. 재료를 단시간에 구워 재료의 맛을 그대로 살리는 요리였으니 짧은 시간에 요리하기에 알맞았다.

그는 기대를 벗어나지 않았다. 가지런히 우럭 살을 발라내는 동작은 절제의 표본처럼 보였다. 아스파라거스 역시 더할 수 없이 우아하게 껍질을 벗었다.

쉐프는 예술가.

누가 말했던가? 그는 아마 스베뜰라나를 보고 그 말을 지어낸 것만 같았다.

사각사각!

양파를 써는 소리는 아련하기까지 했다.

쉐프 나이프 하나로도 거침이 없는 동작은 보는 사람의 넋을 빼기에 충분해 보였다.

"드셔보시겠나?"

그의 플레이팅 역시 장태와 같았다. 아무런 소스도 없이 우럭 소테 구이에 곁들여진 초록의 아스파라거스 몇 줄기는 단순미의 극치를 달리고 있었다.

아작아작!

아스파라거스는 조직감이 그대로 살아 있었다. 아니, 인간이 먹기에 딱 좋을 만큼 구워놓아 입안에서 부담 없이 부서지는 느낌은 인공미가 전혀 없었다.

"……."

거기서 장태, 등뼈를 훑고 가는 짜릿함을 감지했다.

우물!

두 번째로 메인인 우럭 살점을 집어 들었다. 살점은 편안했다. 마치 내 살의 일부인 양 전혀 거부감이 없는 맛과 먼 원시림에서 날아온 듯 아련한 맛……. 그러나 개별적으로는 또렷한 맛이 얌전하게 물결치고 있었다.

신맛!

신맛이 있었다.

매운 맛!

매운 맛도 있었다.

짠맛!

물론 있었다.

그러나 스베뜰라나는 분명, 스파이스에 손을 대지 않았다. 허브는 물론, 흔한 소금도 마찬가지. 소테라면 필수적으로 들어가는 버터조차도 만지지 않은 그였다.

맛의 정체를 알겠나?

그의 아련한 미소가 묻고 있었다.

그의 질문에는 네 가지의 정답이 들어 있었다. 세 가지 맛과 한 가지 기름. 우럭은 기가 막히게 구워져 있었다. 원래는 굽기 직전에 소금과 후추 등을 뿌리고 버터를 녹인 팬에 센 불로 양면을 노릇하게 익힌 다음, 낮은 불로 속까지 충분히 익히는 요리법. 하지만 버터나 기름을 두르지 않고도 노릇하고 맛깔스레 익혀낸 그였으니 한 편의 신기가 아닐 수 없었다.

우럭의 기름!

그건 마지막으로 알게 되었다. 긴장했던 탓이었다. 스베뜰라나가 이용한 기름은 우럭 자체의 기름이었다. 그러나 그건 이론상 가능한 것. 불길을 조절하지 않으면 우럭 자체의 기름이 녹아나오기도 전에 시커멓게 타버릴 일이었다.

짝짝짝!

장태는 세 번의 박수로 화답했다.

박수말고 정답!

스베뜰라나의 고요한 미소가 소리 없는 다그침을 던져 왔다. 장태는 접시를 가리켰다.

접시에 남은 우럭 껍질 조금과 양파 한 조각, 느타리버섯 한 쪽, 그리고 잘게 다져 구워진 레몬 껍질이었다.

짝짝!

이번에는 스베뜰라나가 박수를 쳐주었다. 장태의 답이 맞았다는 신호였다.

네 가지 요소.

신맛의 정체는 레몬 껍질이었다.

요리하는 걸 보지 않았다면 로즈힙을 넣었을 거라고 착각될 정도로 추려낸 진액이었다. 최대한 가열하지 않고 마지막에 넣었거나, 혹은 미리 즙을 짜내 껍질만 요리에 넣고 나중에 진액을 뿌렸을 가능성이 높았다.

아련한 매운 맛은 느타리버섯이 주범이었다. 이놈은 요리를 하면 매운 맛이 배어나온다.

그 또한 적당한 포인트에서 그 맛을 살려냄으로써 매콤함을 극대화시켰다.

짠맛은 우럭이 주인공. 무릇 바다에서 나온 것들은 모두 짠맛을 포함하고 있으니 그걸 이용한 것이다.

그건 그의 재료 이용법에서 증명이 되었다. 소테에 쓴 건 우럭의 일부. 남은 전체의 머리와 뼈, 살을 가지고 기름을 내고 표면의 액체를 녹여내 소금을 대신했던 것이다. 그로써 버터에 대한 증명은 동시에 해결되어 버렸다.

"행복한 날이군."

그가 웃었다. 만족스러운 미소. 어쩌면 그도 기대하던 쉐프를 만났다는 만족감의 표현으로 보였다.

"어떤가?"

깔끔하게 손을 씻은 그가 앞치마로 손을 닦으며 말문을 이어갔다.

"나와 함께 벨라지오로 가는 게?"

벨라지오?

"실은 거기 친룽 대표께서 와 있다네."

"……?"

다시 장태의 눈이 휘둥그레 떠졌다. 그제야 알았다. 이 사람 스베뜰라나, 아예 작심하고 초황으로 왔다는 사실을.

"전해 듣지 못했나? 내가 한턱 쏜다고 한 거?"

"듣긴 했습니다만……."

"미안하네. 솔직히 긴가민가해서 견딜 수가 있어야지. 그래서 달려왔다네. 내가 성격상 호기심이 동하면 별이라도 따야 속이 시원해지거든."

"그렇다면……."

장태는 스베뜰라나를 바라보며 뒷말을 이었다.

"한 사람을 더 초대해도 되겠습니까?"

"손 쉐프의 스승?"

"……!"

"틀렸나?"

그가 물었다. 마치 장태의 속을 들여다보는 듯한 눈빛이었다.

"맞았습니다."

"원하는 게 있군?"

"예……."

"대결인가?"

"예."

"누구하고?"

"접니다!"

"우린 통하는 데가 있군. 나도 원하는 바였는데."

"예?"

"요즘 쉐프들이라는 게 겉멋만 잔뜩 들어서 말이야. 손 쉐프 같은 진국은 만나기 어렵지. 우리 기탄없이 요리로 한 수 겨뤄보는 게 어떤가?"

"……!"

장태의 눈이 살포시 흔들렸다. 너무 쿨하게 나오니 당황은 장태의 몫으로 돌아왔다.

"영광입니다!"

장태는 가만히 고개를 숙였다. 이렇게 열린 마음의 쉐프라면 존경심을 엿보여도 아깝지 않을 것 같았다.

"한 시간 후? 괜찮겠나?"

"맞춰보겠습니다."

장태가 대답하자 스베뜰라나는 가벼운 미소를 남기고 주방을 나갔다.

후우!

그제야 깊고 무거운 숨을 밀어내는 장태. 마치 절대 거인의 압박에서 벗어난 느낌이었다.

'스베뜰라나…….'

굉장해.

넋을 놓고 고개를 젓던 장태, 저만치 테이블에 놓인 전화기에 눈이 닿았다.

'아차, 강 선생님!'

장태는 서둘러 전화기를 잡았다.

* * *

"쉐프!"

통화를 마치고 돌아서는 순간 숀리의 목소리가 들렸다.

"어, 숀리 너?"

놀란 장태가 고개를 들었다. 거기 버티고 있는 건 숀리만이 아니었다. 세준도 있고 안나도 있었다.

"웬일이냐? 실컷 놀고먹고 오라니까."

"뭐가 웬일이에요? 우리도 다 봤어요."

세준이 내민 건 PDA 화면이었다. 거기 검색 이미지에 스베뜰라나의 얼굴이 떠 있었다. 장태가 할 때는 보이지 않던 이미지.

세준이 귀신처럼 찾아낸 것이다.

"너희들……."

"두 군데 레스토랑 돌고 재료 사서 오던 길이었어요. 다른 레스토랑 탐방도 좋지만 왠지 형한테 미안해서요. 그런데……."

장태 VS 스베뜰라나!

그들은 고스란히 지켜보았다. 장태와 스베뜰라나가 벌이는 대결 아닌 대결. 창문 밖에서 숨을 죽이고 지켜보았기에 모든 것의 증인인 그들이었다.

"그래서 뭐?"

"형이 이긴 건가요? 요리 대결했잖아요?"

"아직은 무승부!"

"무승부요?"

"진짜는 이제 시작이야. 그가 나를 자신의 주방으로 초대했거든."

"으악!"

"그나저나 그거 뭐냐?"

장태는 세준이 든 포장지를 넘겨보았다.

"이건……."

"랍스터?"

살짝 풍겨 나오는 냄새 덕분에 정체를 알게 된 장태.

"헤헷, 연습하려고요."

이번에는 숀리가 미소 작전으로 나왔다.

그가 들어 보인 건 물 좋은 랍스터 네 마리였다. 네 마리. 안 봐도 알았다. 그들 셋과 장태. 그렇게 넷의 몫을 알뜰하게 챙겨 온 것이다.

랍스터…….

스베뜰라나는 어떤 요리를 원할까?

기탄없는 요리로 한판 붙어보는 게 어떨까?

그의 말이 스쳐 갔다.

기탄없는 요리. 최상의 요리와는 어쩐지 뉘앙스가 다른 그의 말…….

그래서 묘한 설렘까지 안겨주는 스베뜰라나였다.

그 말에 기대 몇 가지 소스를 챙겼다.

"미션은 제대로 한 거야?"

장태가 돌아보며 물었다.

"번개번쩍 두 군데 거 먹어봤는데……. 한 군데는 그저 그렇고 또 한 군데는 새콤한 맛이 일품이었어요."

대답은 세준이 대표로 했다.

"알았으니까 들어가서 연습해."

장태는 타오를 챙겼다.

"형……."

세준이 아쉬운 표정을 지었다. 스베뜰라나에 대해 대략 이야기를 들었던 세준. 그 세기의 대결을 보고 싶은 마음이 없을 리 없었다.

"강 선생님하고 친룽 대표만 초대를 받았어."

그 마음을 읽은 장태가 쐐기를 박았다. 어차피 현장에 데려갈 수 없는 일이었다.

"……!"

세준은 입을 다물었다. 어차피 세준은 레벨 부족. 하지만 막상 확인하게 되니 안타까움은 두 배로 늘어났다.

"아무튼 잘됐구나. 차는 내가 타고 간다."

"운전은 내가 해줄게요."

세준이 키를 들어 보였다. 그렇게라도 장태에게 도움이 되고 싶은 세준이었다.

"그럼 나는……."

"나도요……."

아무 역할도 없는 숀리와 안나가 나란히 울상을 지었다.

"그래. 일단 벨라지오 호텔까지는 같이 가자. 그게 좋겠지?"

"예, 쉐프!"

숀리는 목이 터져라 외쳤다.

결국 장태를 비롯해 멤버 모두가 동승하게 되었다.

"렛츠 고!"

뒷좌석의 숀리가 목청을 돋궜다.

"얌마, 네가 대결하냐? 기분은 혼자 내고 있어."

"그러는 형은?"

세준과 숀리는 그새 티격태격이다. 나쁘지 않았다. 둘의 티격태격에는 애정이 배어 있다.

'벨라지오……'

지난번에는 만들레이 베이, 이번에는 벨라지오.

평상시에는 아무렇지도 않게 지나쳤던 벨라지오 호텔이었다. 웅장하게 나래를 펼친 그 호텔이 장막처럼 다가왔다.

"기분 어때요?"

호텔 건물이 보이자 안나가 물었다.

"좋아요."

장태가 대답했다.

"쉐프는 잘할 거예요. 우리의 쉐프니까요."

우리의 쉐프!

그 한마디면 충분했다. 장태는 차에서 내렸다. 세준과 손리, 안나가 보내는 뜨거운 응원을 어깨에 얹고서.

"손 쉐프!"

스승은 오래지 않아 도착했다. 세준이 차를 빼고 얼마 후였다.

"바쁘신데 모신 건 아닌지?"

장태가 물었다.

"아닐세. 마침 귀빈 예약이 끝나는 타임이라서……."

"그럼 다행이군요."

"여기에 스베뜰라나가 있다고?"

"예!"

"묘하군. 영원히 멀어진 사람인 줄 알았는데……."

"그가 타오를 기억하고 있었습니다."

"영광이군. 기왕이면 나도 기억하고 있음 좋으련만."

스승이 웃었다.

"기억하고 있을 겁니다."

장태는 확신했다.

"그럼 들어가 볼까?"

"예!"

장태가 스승의 길을 앞섰다.

두근!

심장이 둥방거리기 시작했다. 아까와는 또 다른 기분이었다.

조금 전에는 부지불식간에 둘 사이에서 일어난 일. 이번에는 최소한 두 사람의 참관자가 붙는다. 친룽과 스승. 아니, 어쩌면 다른 사람이 있을 수도 있었다. 미래란 언제나 예측 불가능한 일이므로.

그렇지 않은가?

얼마 전까지만 해도 장태, 스승이 겨누던 다섯 명 쉐프의 하나를 이렇게 만날 줄은 몰랐었다. 그리고… 장태의 예상은 정확히 들어맞게 되었다. 스베뜰라나가 또 한 사람의 귀빈을 참석시켰기 때문이었다.

친룽은 이미 도착해 있었다.

거기에 스승이 가세했다.

그리고 또 한 사람…….

그는 벨라지오 호텔의 소유주 '키에슝'이었다.

"체시치!"

스베뜰라나는 스승을 알아보았다. 그는 엷은 미소로 다가와 폴란드어로 인사를 해왔다.

"오랜만이오."

스승도 기꺼이 그를 반겼다.

"만들레이 베이에 계실 줄은 몰랐습니다. 쉐프 강."

"나도 당신이 지척에 있는 줄은 몰랐습니다."

두 사람은 서로에게 깍듯하게 예우를 갖추었다.

"저기 키에숑 회장님 덕분에 미국 구경을 하게 되었지요. 사실 좀 망설이던 차였는데 이렇게 되니 당신의 힘이 나를 끌어당긴 것 같군요."

"힘이라면 우리 손 쉐프겠지요. 나는 이미 그런 힘이 없거든요."

"천만에요. 당신의 요리는 과거에도 훌륭했고 지금도 훌륭할 것으로 믿습니다."

"과찬입니다."

"아뇨. 그때 사실 나는 당신의 요리를 먹어보았습니다."

"정말입니까?"

스승이 고개를 들었다.

"당신이 폴란드 노조의 시위 때 만든 스튜… 훌륭했어요. 그걸 먹은 자유 노조원들이 폴란드의 방향의 긍정으로 바꾸어놓았죠. 나라면 결코 그런 스튜를 만들지 못했을 겁니다."

"그거야……."

"막연한 칭찬이 아닙니다. 당신이 내게 뒤지는 건 딱 하나, 스파이스뿐이었는데 사실 스파이스라는 거 별거 아닐 때도 많지요."

"……."

"그 말을 하고 싶었는데 당신과의 마지막 날, 그 며칠 뒤에 찾아가 보니 다른 나라로 떠났더군요."

"스베뜰라나……."

"이제야 드리는 말이지만 당신은 내게 진 게 아니었습니다. 오히려 내게 큰 가르침을 주고 가셨지요. 그래서 언젠가는 꼭 한

번 뵙고 싶던 차였습니다."

스베뜰라나는 진정 인간의 깊이가 깊었다. 그렇잖아도 그 분위기에 반한 장태. 그의 인간미에 흠뻑 빠지고 말았다.

동시에 두려움도 나래를 펴기 시작했다. 저런 마음씨의 소유자라면 요리의 세계도 깊고 넓은 것. 그는 마치 주변의 모든 것을 흡수하는 블랙홀처럼 느껴졌다.

"괜찮으시다면 그때 청하신 대결을 지금이라도 접수하고 싶습니다만……."

스베뜰라나가 스승을 바라보았다.

"역사는 돌이킬 수 없지요. 나는 그때 이미 당신에게 졌습니다. 그러니 오늘은 우리 손 쉐프와……."

"강 쉐프. 그때 오해가 있었다면……."

"오해가 아닙니다. 잠깐 볼까요?"

스승은 스베뜰라나를 냉장실로 끌었다. 둘은 잠시 후에야 돌아왔다. 스승은 왼팔의 옷을 여미었다. 뭘 했는지 장태는 알 것 같았다.

"손 쉐프!"

목소리가 더 차분해진 스베뜰라나가 장태를 호명했다.

"예!"

"오랜만에 당신의 스승님을 만나는 바람에 서두가 길었습니다. 다 차치하고 우리 즐겁게 한 판 벌여볼까요?"

스베뜰라나가 웃는다. 아무런 사심도 없는 순백의 미소로.

"좋지요."

"당신의 허락도 없이 한 분이 추가 되었습니다. 우리 회장님!

내가 당신과 요리를 겨뤄볼 거라고 했더니 꼭 오시고 싶다고 해서……. 제 목이 달린 일이니 이해해 주시면 좋겠습니다."

스베뜰라나는 말투도 좋았다.

자기중심이 아니라 타인 배려가 먼저. 이런 인품이니 설령 싫다고 해도 그런 기색을 보이기 어려울 판이었다.

"괜찮습니다. 저도 한 분을 추가하지 않았습니까?"

"말이 대결이지 그냥 요리 축제로 여겨주면 좋겠습니다. 맛이란 주관적이니 오늘 당신이나 나 중에 승자가 나온다고 해도 그건 그저 이 자리의 결과일 뿐이니까요."

"그러죠."

장태는 그의 모든 걸 기꺼이 수용했다. 딱히 반박할 여지가 없는 제안들이었다.

"재료는 아무거나 쓰셔도 됩니다. 형식도 제약도 없지요. 나아가 저쪽 구석에 진열된 내 스파이스도 마음껏 쓰셔도 됩니다. 다만 요리 시간만은 한 시간 안에 끝나면 좋겠습니다. 혹 다른 의견이 있으면 말씀하시죠?"

"한 시간!"

"예!"

"없습니다. 시작할까요?"

장태는 머리띠를 질끈 동여매었다.

출정!

그 의지까지 함께 묶어낸 것이다.

슬쩍 돌아본 장태에게 친룽이 주먹을 쥐어 보였다. 장태는 찡긋 윙크로 화답하며 가져 온 소스를 꺼내놓았다. 장태가 밤새

시험하던 그 소스들이었다.

그걸 여기서 시험할 참이었다. 가치가 있는지 없는지. 그러므로 장태에게는 이래저래 아주 중요한 자리가 아닐 수 없었다.

장태 vs 스베뜰라나!

둘은 슬슬 폭발하기 시작했다.

식재료는 많았다. 최상급 와규와 철갑상어알, 그리고 여러 랍스터들까지. 장태는 거리낌 없이 랍스터를 집어 들었다. 덧붙인 건 식초에 절인 양배추와 소시지, 돼지고기 약간과 소고기 약간이었다.

재료를 고르다 놀란 건 스파이스였다. 한쪽에 따로 정리된 스파이스는 셀 수도 없이 많았다. 심지어는 약재와 천연염료까지……. 정말이지 아버지의 한약재함을 방불케 하는 양이었다.

'스베뜰라나…….'

그 규모만 봐도 그는 정말 스파이스의 마법사였다.

'타오…….'

장태는 푸주칼 타오를 향해 속삭였다. 원래는 스승의 칼이었던 타오. 어쩌면 스승의 손에 의해 스베뜰라나와 겨뤘을 수도 있었던 타오.

장태의 애틋함을 아는지 타오는 다른 날보다 더 청명한 쇳소리를 내며 재료를 썰어냈다.

스베뜰라나도 재료를 꺼내다 놓았다. 쇠고기 세 덩어리였다. 그 곁에 놓여진 건 감자와 대구.

〈쇠고기+대구+감자〉

〈랍스터+절인 양배추+약간의 소시지와 돼지고기, 소고기〉

두 사람의 식재료는 최상급이 아니라 발에 채이는 수준이었다.

스승은 숨을 죽이고 있었다.

특별한 타이틀이 걸린 대회는 아니었다. 그러나 두 사람의 자존심이 걸린 일생일대의 대결. 그 대결을 위한 소재치고는 너무나 소박했던 것이다.

장태가 처음 대결을 펼친 슐런트의 개인 쉐프 로엘 역시 바닷가재이기는 했었다. 이어 매치가 된 크리스, 그 또한 육류이기는 했었다. 하지만 그들은 최상의 재료를 준비해 두었었다. 로엘의 바닷가재가 그랬고 크리스의 새끼양고기가 그랬다.

그런데!

스베뜰라나는 아니었다. 그가 꺼낸 건 와규의 스페셜한 부위도 아니었고 특상품의 소고기도 아니었다. 서민들이나 먹는 흔한 등급의 소고기. 특별하다면 단지 드라이 에이징을 제대로 했다는 게 전부. 그것만은 최상이었다. 온도, 습도, 바람, 미생물 조절에 만전을 기해야 고품질의 숙성 고기를 얻을 수 있는 드라이 에이징법.

어쩌면 그건 스베뜰라나에게 적합한 숙성법일 수 있었다. 스파이스의 마법사로 불리는 그였기에 눈썰미와 냄새 맡는 능력 또한 막강할 것이기 때문이었다. 그러나 여기는 초특급 호텔. 드라이 에이징 정도는 이야기 감도 되지 않을 일이었다.

스베뜰라나, 그는 정녕 요리를 즐기고 있었다. 그 흔한 겉멋 같은 것도 부리지 않았다. 대결이라는 타이틀보다 좋은 쉐프와 함께 요리한다는 즐거움. 재료보다 그 분위기를 최고로 치고 있는 것이다.

스승의 시선은 이제 장태에게 옮겨갔다. 장태 또한 그랬다. 스베뜰라나를 의식하지 않고 자신의 요리에 집중하고 있었다. 그러나 그 요리에도 숨겨진 배려가 담겨 있었다.

'장태…….'

스승은 심장이 뜨끔해지는 걸 느꼈다. 그사이, 그가 병원에 입원하고 나와 만들레이 베이로 간 사이, 그리고 개업을 하고 거물들의 테이블을 책임지는 사이에 장태는 변해 있었다. 그는 이미 그 이전에 스승이 알던 장태가 아니었다.

'태산이 태산을…….'

그랬다.

거기 두 개의 태산이 있었다.

하나는 스승이 이미 알고 있던 어마무시한 태산 스베뜰라나.

또 하나의 태산은, 일찍이 스승이 그 가능성만 생각하던 태산이 어느새 진짜 태산으로 변한 것이었다.

'나는 행복하구나. 저런 친구를 제자로 두었다니. 아니, 저런 친구에게 스승 소리를 듣다니…….'

스승은 두 개의 조리대에서 환상처럼 펼쳐지는 무심한 내공에서 눈을 떼지 못했다. 그건 진정 하나의 환상이었다.

단 하나의 군더더기도 없는. 단 한 점의 사심도 없는. 둘은 승부가 아니라 오직 요리에 전념하고 있었다. 모든 것을 초월한 쉐프 본연의 모습. 진정한 쉐프의 모습이 거기 있었다.

그리고… 마침내 두 거목의 요리가 접시에 담겨 나왔다.

장태의 것은 단순미를 살린 랍스터구이와…….

'비고스?'

스승은 시야를 좁혀 넓은 접시에 담긴 요리를 정통으로 겨누었다. 식초에 절여진 양배추를 자잘하게 썰고 소시지와 돼지고기, 소고기, 랍스터 살점까지 섞어 끓여낸 그건 비고스였다. 바로 폴란드인들이 한 끼도 건너지 않고 먹는다는 폴란드의 국민요리 비고스.

'그럼 스베뜰라나는?'

스승의 시선이 옆 접시로 옮겨갔다.

스베뜰라나의 것은 시골 촌락 파티의 스테이크처럼 소박하기 그지없는 스테이크였다. 그리고 스테이크 옆의 요리로 옮겨가던 스승의 눈이 흠칫거리며 멈췄다.

눈 시린 색감의 노란빛을 머금은 생선튀김과 감자튀김. 그게 시야에 들어온 것이다.

'피시앤칩스?'

친룽의 시선도 거기서 벼락처럼 치솟았다.

그랬다. 스베뜰라나가 선보인 건 소박한 스테이크에 더한 황홀한 노랑의 피시앤칩스였다.

장태는 폴란드의 정통 요리 비고스를,

스베뜰라나는 장태의 인기폭발 메뉴 피시앤칩스를.

둘은 상대를 배려하면서도 상대의 평가를 피할 생각이 없었던 것이다.

과연,

별들의 대결이었다.

하지만 신선한 놀라움은 그게 시작에 불과했다. 시식자들이 요리를 먹기 직전 스베뜰라나가 기상천외한 제의를 던진 것이다.

5장

진정한 강자(强者)

크로스 매칭 배틀!

그가 던진 제안은 그것이었다.

즉, 찍어먹는 소스만 그대로 놔두고 요리를 서로 바꾸어 만들어내자는 것. 장태는 스베뜰라나의 것을, 그는 장태의 것을.

"재미나지 않을까?"

그의 표정은 차라리 순박했다. 장태를 골려먹으려는 눈빛은 어디에도 없었다. 세 시식자는 침묵했다. 사실, 그보다 정확한 실력 가늠이 또 있을까? 상대가 만든 주특기의 요리. 그걸 카피하면 맛의 차이를 극명하게 느낄 수 있기 때문이었다.

"괜한 제안이라면 사양하셔도 되네."

스베뜰라나는 똥고집조차도 부리지 않았다.

"재미나겠군요."

장태의 입이 열렸다. 당장 스승의 시선이 날아왔다.

"부족하지만 쉐프의 요리를 재현해 보겠습니다."

결국 장태가 제안을 접수해 버렸다.

상대를 무장해제시켜 버리는 마법의 소유자. 스베뜰라나의 또 하나의 매력이었다.

시식이 시작되었다. 처음에는 다소 긴장한 모습들이었지만 맛은 세 사람 시식자의 긴장을 오래 놔두지 않았다.

푸하아!

후우!

하아아!

조금씩 다른 입김이 맛의 성찬 앞에서 몸서리를 치기 시작했다.

먼저 평가에 오른 건 장태의 요리였다.

"이 랍스터……. 담백함 뒤에 올라오는 아련한 맛이 일품이군요. 그냥 먹어도 딱이네요. 바다 냄새에 섞여오는 담백함에 더하지도 덜하지도 않은 맛의 향연. 게다가 이 세 가지 소스는……."

회장은 머리를 저었다. 그는 따로 내놓은 소스를 찍고 있었다.

이번에는 간장 베이스 소스. 태운 간장 맛이 아련하게 남은 소스와 함께 랍스터를 삼킨 그는 몇 번이고 혀로 입술을 쓸어냈다.

"비고스도 그렇습니다. 그냥 먹어도 환상이지만 랍스터를 찍으니 제4의 소스가 되는군요. 맛의 보충이 아니라 연쇄반응을 일으켜 입안에 천국을 만드는 느낌입니다."

친룽도 만족감을 표시했다.

다만!

스승만은 침묵했다. 비고스에 이어 랍스터를 맛본 스승, 살점을 음미하고 세 가지 소스를 다 맛보고서도 입을 열지 않았다.

"랍스터도 그렇지만 비고스의 조화는 상상불허입니다. 안에 든 재료들의 맛이 서로 다투지 않고 한 방향으로 조화를 이루어 담백미의 극치를 이루어냈습니다. 허락만 해준다면 우리 호텔의 레귤러 메뉴의 하나로 넣고 싶을 정도입니다."

접시를 비워낸 회장은 아쉬운 눈빛으로 스푼을 놓았다.

"공감입니다. 이건 정말 그냥 먹어도 좋고 뭔가를 곁들여도 좋을 것 같군요. 게다가 랍스터의 풍미까지 더해져 말할 수 없는 개운함이라니……."

친룽 역시 마지막 재료를 비워내고는 스베뜰라나의 접시를 당겼다. 장태의 시선은 스승에게 옮겨갔다. 스승의 손도 움직였다. 스베뜰라나의 요리였다.

스륵!

스승의 손이 제일 먼저 스베뜰라나의 스테이크를 썰었다. 그런데, 고기 써는 소리가 거의 나지 않았다. 스테이크는 나이프에게 저항도 없이 쓸려 나갔다.

나이프가 지나가자 선홍빛 선명한 안쪽 살점이 드러났다. 거기서 흘러나온 육즙은 CIA에서 이론 시간에 배운 딱 그만큼의 육즙이었다.

'황금비율의 육즙…….'

장태는 고개를 끄덕였다. 드라이 에이징과 불길, 시간, 쉐프의 내공이 섞여야만 이뤄낼 수 있는 황금비율의 육즙. 그가 그걸 구현해 낸 것이다.

"……!"

한 점을 문 스승의 눈매에 힘이 빡 들어가는 게 보였다.

맛이었다. 그건…….

스승의 넋을 빼가는 맛.

장태는 알고 있다. 굉장한 맛을 느낄 때 짓는 스승의 표정. 그와 함께한 날이 하루 이틀이 아니니기 때문이었다.

꿀꺽!

장태도 그 살점의 이미지를 함께 먹었다. 함께 썰고 함께 음미했다. 그럼으로써 스베뜰라나의 요리를 느끼는 것이다.

"이야, 이건 정말……. 한마디로 스테이크의 진수로군요."

집중하는 사이에 친룽의 감탄사가 들려왔다.

"맞아요. 소고기가 가진 참맛을 100% 살렸다고나할까?"

회장도 가세했다. 그들은 스테이크를 썰고 또 썰었다. 그때마다 장태는 썰린 단면의 환상적인 색감과 육즙에서 자지러지고 또 자지러졌다. 그건 정말이지 누구라도 입안에 넣고 싶은 치명적인 유혹이었던 것이다.

와사삭!

빠싸삭!

스테이크 접시가 비어나가자 세 사람은 피시앤칩스를 먹기 시작했다. 일단 소리부터 압권이었다. 그 소리는 분명 장태의 것보다 컸다.

튀김 소리가 청량하다는 것. 그건 바로 튀김 테크닉이 절정에

달했다는 증거. 장태의 모공에 한기가 스며들기 시작했다.

후우우!

한입씩 베어 문 튀김에서는 푸짐한 김이 배어나왔다. 그 안에서 언뜻 엿보이는 대구살의 흰 빛 역시 치명적인 순백. 감자의 노릇함 또한 눈이 시릴 정도였다.

하지만 장태의 아뜩함은 소리와 맛에만 있지 않았다.

'저 색감…….'

저토록 애절하고 은은한, 그러면서도 깊고 깊은 노랑은 본 적이 없었다. 그거야말로 갓 피어난 초원의 노랑꽃을 옮겨온 듯한 빛깔. 자연적인 튀김으로 나올 수 없는, 스베뜰라나만의 비기가 섞인 노릇함이었다.

장태는 집중했다. 스베뜰라나를 꺾기 위한 몸부림이 아니었다. 그건… 앞서가는 선지자에게 뭔가를 배우려는 집념의 눈빛이었다.

'그렇군.'

친룽의 접시가 빌 즈음에야 겨우 감이 왔다. 스베뜰라나의 맛……. 그의 요리가 주는 절망의 노릇함. 그는 과연 요리의 최고봉으로 불릴 만했다.

이번에는 반대였다.

초황에서 스베뜰라나가 보여준 건 초자연주의 요리였다. 모든 것을 배제하고 식재료 자체의 맛을 살린 단맛, 짠맛, 매운맛. 그 충격이 가시기도 전에 반대를 들고 나왔다. 그의 주특기를 쓴 것이다.

스파이스!

바로 그 마법이었다.

"시작할까요?"

다시 조리대 앞에선 스베뜰라나가 웃었다.

"예!"

장태는 가만히 고개를 숙여 존경을 표했다. 즐거웠다. 이거야말로 장태가 꿈꾸던 미래였다. 장태가 만나고 싶던 순간이었다. 절정의 고수와 나란히, 겨루며 배우는 쉐프…….

스베뜰라나는 랍스터를 집어 들었다. 재미난 건 그는 재료 선택에 별로 주저하지 않는다는 것.

'그는 눈으로 고른다.'

오감을 동원하는 장태와는 달랐다. 그만큼 통달했다는 의미였다. 그리고 양배추와 돼지고기, 소고기 약간. 그 재료를 보는 순간, 장태는 한 번 더 까무러칠 뻔했다.

"……!"

어이상실!

한마디로 그랬다. 스베뜰라나가 골라내 놓은 게 장태의 선택과 완전히 일치했던 것이다. 그러니까, 재료가 같다는 말이 아니었다.

초에 절인 양배추만 봐도 줄기보다 잎 쪽에 가까웠던 부위와 거의 같았다. 돼지고기와 소고기도 그랬다.

장태가 베어왔던 그 부위였다. 분량조차도 믿기지 않을 정도로 같아 보였다.

아아!

장태의 뇌 속에 현기증이 맹폭을 하며 밀려들었다. 그는 모든 것을 꿰뚫고 있었다. 무심한 듯 자기 요리에 정진하면서도 상대 요리의 전 과정을 꿰고 있었던 것이다.

인정!

다시 한 번 마음을 비워냈다. 이런 쉐프라면 져도 좋았다. 승부 따위가 중요한 게 아닌 것이다.

하지만!

놀라기는 스베뜰라나도 마찬가지였다. 그는 장태보다 작은 것에 집중하고 있었다. 바로 스파이스였다. 스테이크용 고기를 잘라온 장태, 이번에는 대구와 감자를 골라 들었다. 그런 다음 스파이스 앞에 섰다.

장태가 집어 든 건 일반적인 스파이스 외에 세 가지가 더 있었다.

샤프란!

터메릭!

그리고 울금이었다.

스베뜰라나는 랍스터를 손질하면서 계속 장태를 보았다. 세 가지 스파이스를 파악해 낸 장태. 스베뜰라나의 입장에서는 자신의 스파이스를 파헤친 첫 쉐프였다. 그러나 스파이스는 배합이 생명. 어떤 비율로 배합하느냐에 따라 요리를 망치기도 하고 살릴 수도 있었다.

씨익!

스베뜰라나의 입가에 미소가 스쳐 갔다. 조금은 아쉬움이 실린 미소였다.

"……!"

장태는 잠시 집중했다. 비율을 앞두고 마음을 정리하는 것이다. 치명적인 노랑. 단 한 번 본 것만으로 재현해 내야 했다. 더도 덜도 아닌 스베뜰라나의 노랑…….

그 은은하고 깊은 노랑은 어디서 왔을까?

스베뜰라나의 식욕 오방색을 앞세워 보았다.

고개를 저었다.

답이 아니었다.

치명적 노랑… 은은하고 깊은 그 원초적 노랑…….

요리는 쉐프를 닮는다. 요리는 쉐프의 마음을, 인생관을, 철학을 투영한다. 그건 주지의 사실이었다. 어쩌면 요리란, 쉐프의 마음을 연출하는 방식이기도 했던 것이다.

폴란드…….

자국을 떠난 쉐프의 마음 한편에는 그들의 조국이 살아 있다. 장태 역시 마찬가지로 출신 국가의 요리가 그림자처럼 따라붙는다. 싫든 좋든 그랬다.

'폴란드의 국화는…….'

팬지!

'팬지…….'

장태의 뇌리에 팬지꽃밭이 피었다. 노란 팬지가 나비가 되어 날아올랐다. 그 빛이었다. 노란 팬지의 색깔. 그 빛깔이 피시앤 칩스 위에 내려앉은 것이다.

'어쩌면…….'

자신도 몰래 주먹에 땀이 차올랐다. 장태는 다시 스파이스 앞으로 다가섰다. 이번에는 스베뜰라나의 시선이 노골적으로 따라왔다.
장태의 눈이 스파이스를 꿰뚫었다. 그리고… 약재함 쪽으로 옮겨갔다. 간결하면서도 없는 것이 없는 스베뜰라나의 스파이스 보관함…….
큼큼!
콧등을 실룩이며 냄새를 맡았다. 석류 냄새가 났다. 물푸레나무 냄새도 났다. 단목의 냄새도 끼어 있었다.
"……!"
숨이 턱 하고 막혀왔다. 스베뜰라나 요리 속에 아련하게 숨어 있던 빛깔들. 노랑을 떠받치는 색의 비밀을 감지한 것이다.
팬지!
정녕 팬지였다.
언젠가 보았던 학교 앞 화단. 그 화단에는 팬지꽃 천국이 펼쳐져 있었다. 그런데 그 천국에는 노랑만 살지는 않았다.
빨강, 보라, 파랑, 노랑, 주황…….
팬지는 어쩌면 그렇게 많은 색을 가지고 있을까? 그것들이 한군데 모듬으로 피어 고개를 흔들면 봄이 오지 않을 도리가 없는 것이다. 스베뜰라나를 돌아보던 장태, 그와 눈이 마주치고 말았다.
장태는 가만히 고개를 숙여 예를 갖춰주었다.
출렁!
스베뜰라나의 동공에 물결이 느껴졌다.
스스로의 제한을 두지 않는 쉐프!
스베뜰라나…….

천연의 것에서 왔다면 그것은 딱히 의복의 염료로만 쓰일 이유는 없었다. 장태의 손이 말린 석류 열매 껍질로 다가갔다. 물푸레와 단목, 잇꽃과 지치도 소량 집어 들었다. 장태는 비로소 자신을 뛰어넘었다. 스스로의 한계에 부우, 타오를 휘둘러 버린 것이다.

씨익!

동공의 물결을 밀어낸 스베뜰라나가 웃었다. 진심이 담긴 따뜻한 미소였다.

아까 찾아온 노랑 스파이스에 새로 찾아온 다른 빛깔을 미량 첨가했다. 요리는 예술이다. 요리는 화가의 그림과 다르지 않았다.

색깔이라는 게 말이죠…….

그제야 한 화가의 말이 떠올랐다. 노랑은 노랑만으로 표현하지 않는다. 그렇게 하면 깊은 노랑이 나오지 않는다. 흰색도 하얀 물감만으로 표현하지 않는다. 화가는 눈 시린 흰빛을 그리는 과정을 보여주었다.

흰빛 속에는 주변색이 먼저 발라진다. 만약 주변이 어둡다면 그 어두운 색을 먼저, 캔버스 바닥에 칠하는 것이다. 흰색은 그 위에 올라갔다. 흰색 위에 흰색이 아니었다. 이렇게 하면 그냥 흰색만 바른 것보다 더욱 선명하고 도드라진 흰색이 탄생하는 것이다.

스베뜰라나가 그랬다. 단순히 노랑의 유혹에 빠지지 않고 팬지꽃밭의 노랑을 참고한 것이다. 노랑 팬지 주변의 다른 빛깔 팬지들……. 빨강과 파랑, 보라색을 미량 넣어줌으로써 그토록 은은하고 깊은 노랑을 창조했던 스베뜰라나였다.

노랑을 해결한 장태, 가뜬하게 요리에 들어갔다. 정말이지 날아갈 듯 가벼운 마음이었다.

스베뜰라나의 스테이크…….

간결한 처리였었다. 고기 망치로 두드리지도 않았고 요란한 전처리를 하지도 않았다. 그가 한 건 그 자리에서 빻은 통후추를 넣고 레드 와인과 올리브유를 살짝 발라 톡톡 두드려 준 것뿐. 소금은 마지막에 흉내만 내는 정도로 올라갔었다.

그 맛을 재현한 장태, 잠시 주저했다.

100% 재현이냐, 아니면 약간의 진화냐?

주저하던 장태는 한 가지를 더 집어 들었다.

그리고…….

마침내 두 사람의 손이 정지되었다.

—스베뜰라나의 랍스터와 비고스.

—장태의 스테이크와 피시앤칩스.

두 개의 요리…….

놀랍게도… 겉보기에는 아까와 거의 다름이 없었다. 싱크로율 99%의 놀라운 재현력.

그렇다면 맛은?

*　　　*　　　*

친룽, 스승, 회장!

이번에는 스베뜰라나의 요리부터 당겼다. 랍스터와 비고스였다.

"후우우!"

"후아아!"

비고스를 입에 넣은 세 사람은 미친 듯한 맛김을 뿜어냈다. 친룽은, 하마터면 한 덩어리를 흘릴 뻔하기도 했다.

맛있다.

장태는 냄새만으로도 알았다. 비고스에서는 장태 냄새가 나고 있었다. 고기의 크기와 양배추의 크기까지도 거의 같은 재현, 심지어는 요리의 색깔도 완벽에 가까울 정도로 같았다.

다음으로 랍스터로 옮겨가는 세 사람. 모락 김을 피워 올리는 랍스터의 살은 선홍 무늬와 함께 더욱 식욕을 자극하고 있었다.

셋은 서로를 돌아보았다. 상대의 반응을 확인하려는 것이다. 완벽하게 재현된 장태의 요리. 셋은 말이 필요 없다는 표정을 짓고 있었다.

거기서 스베뜰라나가 장태를 바라보았다. 장태는 꾸벅 가벼운 인사로 화답을 했다. 따로 맛 볼 필요도 없었다. 스베뜰라나의 요리는 퍼펙트였다. 마치 잠시 장태의 몸을 빌리기라도 한 것 같았다.

"이거… 요리를 두고 이렇게 긴장하는 것도 오랜만이군."

회장이 먼저 장태의 요리를 당겼다. 모락, 맛김이 오르는 스테이크와 노랑이 자지러질 것 같은 피시앤칩스……. 회장은 참을 수 없는 듯 스테이크를 썰었다.

"……!"

나이프를 민 그의 동공이 출렁 흔들렸다. 질감은 거의 유사했다. 큰 저항 없이 썰려 나가는 스테이크. 마치 화면 재생을 하듯 아까와 똑같은 육즙이 소리 없이 밀려 나오는 게 보였다.

"흐음……."

한 점이 그의 입안으로 들어갔다.

"하아!"

입김은 날숨과 함께 폭발했다. 한 점을 넘긴 그는 남은 스테이크를 미친 듯이 썰었다. 고기는 순식간에 사라졌다. 그게 아쉬운지 빈 접시를 바라보던 회장은 시선을 피시앤칩스 쪽으로 돌렸다.

와사삭!

대구 튀김이 그의 입안에서 천둥소리를 냈다.

파사삭!

친룽도 뒤를 이었다. 조금 다른 건 이번에도 스승이었다. 스승은 대구튀김을 반으로 자르더니 그걸 뒤집어 놓았다. 감자 역시 그랬다. 그러고 보니 스승의 접시에만 스테이크가 한 점 남아 있었다. 그 또한 플레이팅한 것과 반대의 형태였다.

"어, 잘 먹었다!"

회장이 포크를 내려놓았다.

"나도 정말 잘 먹었습니다."

친룽도 냅킨을 잡으며 포크를 놓았다. 스승은 이미 테이블에서 손을 뗀 상태였다.

"어떻습니까?"

스베뜰라나가 세 사람을 향해 물었다.

"뭘 말해야 하는 거요? 하도 맛나게 먹어서 정신이 없구려."

회장은 다소 들뜬 표정이었다.

"그냥 요리를 드신 소감을 말씀해 주시면 됩니다. 같은 사람의 같은 요리를 먹었다고 생각하시고요."

스베뜰라나가 가이드라인을 제시했다.

"같은 사람의 요리라……. 그거 맞춤한 기준이군요. 정말이지 같은 쉐프의 요리를 한 번 더 먹은 기분입니다."

친룽이 말했다.

"그게 기준이라면 나는 우리 스베뜰라나 쉐프에게 한 표입니다. 두 번째 받은 요리는 약간의 차이가 있었어요."

회장이 입을 열자 스베뜰라나와 장태의 시선이 그에게 쏠렸다.

"첫 번째 요리는 환상이었죠. 물론 두 번째 요리도 환상이었습니다. 다만 환상의 눈높이는 조금 달랐어요. 완벽 재현이 주제라면 문제라고 볼 수 있겠지요."

〈조금 다르다〉

정확한 지적이었다. 장태는 기꺼이 인정했다. 조금 다른 게… 옳았다.

"나는 손 쉐프에게 한 표입니다. 전체적으로 다 기가 막힌 요리였지만 손 쉐프는 스베뜰라나 쉐프를 배려해 그 나라의 맛을 보여주었어요. 물론 스베뜰라나 쉐프 역시 손 쉐프의 주력 메뉴인 피시앤칩스를 선보여줬지만 그건 서양에서 흔한 것. 게다가 랍스터에 곁들여진 새로운 소스는 정말이지 버터와 와인 맛에 길든 혀에 청량감을 안겨주었다고 할까요?"

친룽 역시 나름의 근거를 내세워 장태를 지지했다.

1 : 1.

이제 판정의 키는 스승이 쥐게 되었다.

선생님!

장태는 고요히 스승을 바라보았다.

"나는……."

스승은 남은 음식을 바라보며 군더더기 없이 뒷말을 붙였다.

"스베뜰라나에게 한 표입니다."

"……?"

그 말에 가장 놀란 사람은 친룽이었다.

강형규.

그가 누구인가? 장태의 스승이 아닌가? 장태와 함께 동고동락을 하고, 장태에게 요리의 비기와 레시피를 죄다 전수한 사람이 아닌가?

그런데 그가 스베뜰라나 편이라니? 그것도 한 치의 고민조차 없이!

"인정합니다."

그 목소리는 장태의 것이었다. 그게 또 한 번 친룽을 놀라게 만들었다. 서운한 기색이라고는 찾아볼 여지도 없는 장태. 패배를 알리는 통보임에도 웃고 있는 장태였다.

"이유를 물어도 될까요?"

친룽, 결국 스승에게 질문을 던지고 말았다.

"스베뜰라나 쉐프가 손 쉐프를 이끌었기 때문입니다."

친룽은 한 번 더 놀랐다. 단순히 요리 맛이 우월한 것도 아니고 이끌었다? 그건 '위너'라는 표현보다도 상위의 개념에 속하는 말이었다.

"강 쉐프……."

"두 분도 곰곰 짚어보면 아시겠지만……."

스승이 피시앤칩스를 집어들었다.

"이 피시앤칩스에는 손 쉐프에 대한 애정이 깃들어 있습니다. 세상에서 가장 맛난 피시앤칩스를 지향하는 손 쉐프……. 그의 빈 곳을 애정으로 알려준 것이지요. 안 그런가, 손 쉐프?"

스승의 시선이 장태에게 향했다.

"선생님 말이 맞습니다."

장태는 또렷이 확인해 주었다.

"손 쉐프……."

친룽은 그래도 납득되지 않는 눈치였다. 별수 없이 장태가 나서게 되었다.

"피시앤칩스……. 정말 그것 하나만이라도 최고의 것을 만들고 싶었습니다. 하지만 저는 근시안이었습니다. 맛에는 여러 가지가 있고 그 맛의 구현에도 여러 방법이 있지만 좁은 제 한계 안에서만 맛을 찾고 있었습니다. 한국말로 치면 우물 안 개구리였지요."

장태는 빙그레 웃으며 말을 붙여나갔다.

"스베뜰라나의 피시앤칩스. 거기에는 제가 간과한 또 하나의 즐거움이 있었습니다. 보세요. 저 선명하면서도 질리지 않는 원초적 노랑. 저건 단순히 반죽을 잘한다고 해서 나오는 게 아닙니다. 스베뜰라나는 몇 가지 스파이스와 자연 색소를 써서 피시앤칩스의 품격을 한 단계 높여 놓았지요."

"하지만 손 쉐프도 그걸 그대로 재현하지 않았습니까?"

친룽이 이의를 제기했다. 그 답은 회장 입에서 나왔다.

"재현은 재현인데 조금 다르지요. 제 입맛에는 분명……."

회장이 장태를 바라보았다. 정확한 해명을 요청하는 눈빛이었다.

"회장님 말이 맞습니다. 저는 분명 스베뜰라나의 스파이스와 자연 색소를 찾아냈지만 한 가지를 더 보탰습니다. 그러니 엄격한 의미에서는 다른 거라고 볼 수 있지요."

짝짝짝!

장태의 설명 속에 스베뜰라나의 박수가 끼어들었다. 친룽과 스승, 회장이 모두 그를 바라보았다.

"저도 여기 일부이니 한 표를 행사해도 될까요?"

그가 모두에게 물었다.

"당연히 자격이 있지요.

친룽이 대답했다.

"그렇다면 나는 손 쉐프에게 한 표입니다!"

"……?"

그 말에 모두가 얼어붙어 버렸다. 손 쉐프라니? 모두가 어리둥절하는 사이에 그가 뭔가를 꺼내놓았다. 허브의 일종이었다.

"Redroot gromwell이라는 허브의 일종입니다. 바로 세 분의 의견을 엇갈리게 만든 주범일 겁니다."

스베뜰라나가 장태를 바라보았다. 장태는 공감하듯 꾸벅, 고개를 숙여 보였다.

"그리고 제가 손 쉐프에게 한 표를 보내는 이유이기도 합니다."

스베뜰라나의 설명은 계속 이어졌다.

"이 허브는 식용으로도, 약용으로도 씁니다만 색소로 쓰면 자색을 내지요. 노랑과 반대편의 보색인 자색 말입니다. 흔히 사물은 뭔가 반대되는 것과 있으면 강한 대비를 이루는 속성이 있습니다. 그렇기에 요리도 육류에 채소를 곁들이는 것이지요."

묵직하고도 진지한 스베뜰라나. 일동은 숨을 죽이고 그의 말을 경청했다.

"제가 구현한 피시앤칩스의 노랑은 사실 손 쉐프에게 요리의 또 다른 모습을 보여주기 위한 시도가 맞습니다. 하지만 레드루트까지는 미처 생각하지 못했습니다. 그런데 손 쉐프는 제 노랑에서 빈 곳을 찾아 메워주었습니다. 그렇기에 아까보다 한결 더 자연적이면서 진보된 노랑이 나온 것이지요. 바로 그것 때문에 회장님은 재현을 문제 삼았고 친룽은 크게 개의치 않은 겁니다. 굳이 문제 삼으려면 문제가 되겠으나 너무 자연스러워 깨닫기 힘든……. 나아가 저기 강 쉐프님 역시 회장님과 비슷한 맥락이었겠지요."

"맞습니다."

스베뜰라나의 시선은 받은 스승은 솔직하게 인정했다.

"따라서 오늘 요리에 점수를 매긴다면 손 쉐프가 앞서는 게 맞다고 봅니다. 그는 다른 쉐프의 지적을 겸허하게 받아들이는 한편, 나아가 한 번 더 업그레이드시켜 완전한 요리를 창조했기 때문입니다. 이거야말로 모든 쉐프들이 솜씨 대결을 하는 근본적인 이유이며 모든 요리가 나가야 할 방향이지요."

"고맙습니다. 하지만 제가 낫다는 말은 인정하지 못합니다."

이번에는 장태 차례였다.

"우선 여러분이 먹은 두 번째 요리를 기억해 보십시오. 특히 랍스터의 살점 크기와 형태, 비고스의 건더기들 말입니다."

장태는 스베뜰라나 앞에 나서서 주장을 펼쳐 나갔다.

"맛에는 여러분이 큰 이의를 제기하지 않았습니다. 그렇다면 형태, 즉 요리의 식재료들 말입니다. 잘 기억하시면 스베뜰라나 쉐프의 것은 앞서 먹은 제 요리의 크기와 형태에 완전히 유사하다는 걸 떠올릴 수 있을 겁니다. 그러니까 스베뜰라나 쉐프는 단순히 맛뿐만이 아니라 제가 요리한 전 과정을 완전하게 재현한 겁니다. 피시앤칩스의 자연 색소와 그로 인한 미세한 맛의 변화를 떠나 겨루는 주제의 본질적인 면에서 스베뜰라나 쉐프의 우세가 분명합니다."

"아니, 그건 손 쉐프의 겸손에 불과하네."

다시 스베뜰라나가 나섰다.

"솔직히 그 문제는 단순한 입장의 차이에 지나지 않아. 왜냐면 내가 제안자였기 때문이지. 나는 미리 그런 제안을 하려 생각하고 있었고 그랬기에 손 쉐프의 요리 과정을 진지하게 바라보았다네. 다시 말해 손 쉐프가 내 입장이었다면 그 현상은 반대로 일어났을 거라는 거지. 따라서 그건 평가의 요소가 되지 않아도 무방하다네."

"아아, 내가 정리해야겠군. 이제 두 사람의 마음은 알겠지만 결과는 이미 나왔어요, 스베뜰라나, 당신이 무슨 말을 하건 3 대 2로 당신의 우세가 결정되었다는 사실."

판정자는 친룽이었다. 아무도 그 결과에 이의를 제기하지 않았다. 스베뜰라나는 결국 결과를 수용하는 수밖에 없었다.

"고맙소, 강 쉐프!"

스베뜰라나는 스승에게 먼저 다가가 손을 내밀었다. 스승은 그의 손을 잡았다. 허공에서 만난 두 사람의 눈빛에는 묘한 친밀감이 있었다.

"우리 회장님도요. 저를 초대해 주신 덕분에 강 쉐프도, 그의 굉장한 제자도 만날 수 있었습니다."

두 번째로 회장에게 악수를 청하는 스베뜰라나. 하지만 그의 행보는 거기가 끝이 아니었다. 친룽에게도 기꺼이 손을 내민 것이다.

"친룽 회장님이야말로 오늘 기쁨의 최고 공헌자가 분명합니다. 내게 손 쉐프의 말을 전해준 것이 친룽 회장님이었으니까요."

"하핫, 얘기가 그렇게 되는 겁니까?"

친룽은 얼굴을 붉히면서 좋아했다. 그가 응원하던 장태에게 좋은 일로 보인 까닭이었다.

친룽과 회장이 돌아간 후에 남은 세 사람의 쉐프.

아예 커피포트를 앞에 두고 이야기의 꽃을 피우기 시작했다.

"나를 다시 만나러 왔었다고요?"

대화의 중간쯤에서 스승이 질겁을 했다. 그 옛날, 스베뜰라나의 미션을 맞추지 못해 대결의 꿈을 접고 다른 나라로 떠났던 스승. 하지만 그 후에 스베뜰라나가 찾아왔었다는 말에 놀라지 않을 수 없었던 것이다.

"왜냐면 당신의 요리는 진실했으니까요."

커피를 넘기며 스베뜰라나가 웃었다.

"진실?"

"나는 사실 맛에 앞서 진실과 거짓부터 봅니다. 허위의식으로 가득한 쉐프의 요리에는 요리에 허영이 담겨 있지요. 그런 쉐프는 제아무리 명망이 높아도 쳐다보지 않습니다. 기껏해야 프랜차이즈나 할 사람이죠. 하지만 진실한 맛은 다릅니다. 명성이 알려지는 데도 오래 걸리고… 아니, 어쩌면 평생 명성을 얻지 못할 수도 있지만 사람을 두고두고 감동시키지요. 그때 나는 그리 원숙하지 못했고 그래서 당신의 요리에 담긴 철학을 나중에야 알았습니다."

"기막힌 위로로군요."

스승이 대꾸했다.

"아뇨. 어쩌면 당신, 당신이야말로 내 요리의 터닝 포인트였지요. 스파이스 안에 갇혀 있던 내 요리의 세계……. 당신이 내게 선보인 요리 이후로 원재료의 맛이 더 소중하다는 걸 알았고, 그때부터 나도 스파이스와 더불어 원재료의 맛에 빠지게 되었던 겁니다. 말하자면 리턴이겠죠. 초기에는 나도 원재료에 심취한 적이 있었으니까요."

스베뜰라나. 그는 정말이지 겸허한 사람이었다. 그러나 그 겸허함 또한 스승을 만난 후로 변한 모습의 하나란다.

"동북아에서 온 쉐프……. 솔직히 당신의 첫인상은 별 볼 일 없었습니다. 담백미를 살린 맛도 내게는 그저 그랬고요. 그런데 그 맛의 여운, 그게 기가 막혔습니다. 드러내는 것보다 감추는 맛. 겉에 보이는 맛보다 안에 숨은 맛. 게다가 당시의 내 행동……. 어쩌면 거만해 보일 수도 있었을 텐데 기꺼이 승복하고 돌아서던 그 어깨에는 당신이 보여준 맛의 여운, 당신의 인품이 고스란히 담겨 있었으니까요. 물론, 너무 늦게 깨달은 게 당신께는 결례였지만요."

"아닙니다. 그때나 지금이나 나는 그저 그런 요리사에 불과합니다. 그저 운이 좋아 당신과 같은 장소에 있었고, 더 운이 좋아 손 셰프 같은 젊은이와 함께할 수 있었던 거죠."

스승도 겸손하게 응수했다.

"그때 당신이 꿈꾼다던 다른 셰프들과도 겨루었나요?"

"아뇨. 간간히 가까운 곳의 셰프들과 겨루긴 했지만 그들은 찾지 않았습니다. 당신과의 대결이 불발로 그친 후로 내 자신의 현주소를 알았잖아요? 마음을 비우기 위해 가난한 사람들 곁에서 수양을 좀 했지요. 그것조차 제대로 한 건 아니지만……."

"그래도 당신이 부럽습니다. 다른 건 잘 모르지만 손 셰프를 만났지 않습니까? 그와 오랜 동안 머리를 맞대고 요리했을 거 아닙니까?"

"그건 맞는 말입니다. 내 오늘도 손 셰프 덕분에 얻은 날, 그래서 늘 자랑스러운 친구이지요."

두 사람의 시선이 장태에게 쏠려왔다.

"하핫, 다들 잘 나가시다가 왜 저를……. 그나저나 아까 피시앤칩스 이야기를 했지만 저는 사실 스테이크도 궁금합니다. 재료를 보니 기가 막힌 재료가 많던데 왜 하필 스테이크였나요? 왜 하필 저급한 등급이었나요?"

이번에는 장태가 스베뜰라나에게 물었다.

"최고의 재료라면 누구나 좋은 맛을 낼 수 있지. 최고의 쉐프라면 보통 재료로도 좋은 맛을 내야 한다고 생각했다네. 더구나 손 쉐프는 노숙자들을 상대로 오랜 시간 요리를 했다니 좋은 재료는 많이 다루지 않았을 테고… 그러니 그렇게 하지 않으면 먼저 쉐프의 세상에 발을 디딘 사람으로서 예의가 아니지."

스베뜰라나의 설명은 간단했다.

승부에 연연하지 않는 쉐프의 자세. 말로만 듣던 쉐프의 이상향이었다.

사실 이 질문은 양고기 프렌치 컷과 숄더 랙 때문이었다. 장태는 보았다. 그의 냉장실에서 드라이 에이징 기법으로 숙성되어가고 있는 우수한 양고기의 부위들. 프렌치 컷은 양의 8—15번 갈빗대를 자른 것으로 고급 레스토랑에서 사용하는 럭셔리한 부위였다. 숄더 랙 또한 뼈에 목살이 붙은 것으로 야들야들한 맛이 첫손에 꼽히는 부위.

그러나 그는 승부보다 쉐프 본연의 자세를 원했고 그랬기에 기막히게 숙성된 그것들을 집어 들지 않은 것이다.

"여긴 초빙으로 왔다고 들었는데 얼마나 계실 거죠? 허락하신다면 종종 찾아와 요리를 배우고 싶습니다."

장태가 물었다.

"손 쉐프 정도 되는 사람을 가르칠 능력도 없지만 오래 있지는 않을 거라네. 호텔은 왠지 좀 갑갑해서 말이야."

"그래도 우리 호텔에는 한 번 들려주기 바랍니다."

스승이 먼저 요청을 넣었다. 스베뜰라나는 기꺼이 수락을 했다.

"그럼 죄송하지만 저는 먼저……."

장태가 먼저 의자를 밀고 일어섰다.

할 일도 많았다.

하지만 그보다는 두 사람만의 이야기꽃을 피우게 하고 싶었다. 스승은 얼마나 할 말이 많을까? 장태는 아직 젊으니 다음에 또 기회가 올 일이었다.

벨라지오 호텔을 나오자 푸른 하늘이 눈에 들어왔다. 그리고… 낯익은 얼굴들도 눈에 들어왔다.

"쉐프!"

"형!"

숀리와 안나, 그리고 세준…….

요리에 어찌나 몰두했는지 그들의 존재를 까맣게 잊고 있던 장태였다.

"어떻게 됐어요? 한판 붙었어요?"

숀리가 물었다.

"붙었지."

"이겼어요?"

"아니!"

장태는 고개를 저었다.

"그럼 졌어요?"

숀리의 미간에 급 구김이 갔다.

"그래……."

"으악, 난 쉐프가 이길 거라고 생각했는데. 기도도 열심히 하고……."

"네 기도는 효험이 있었다."

"뭐가요? 졌다면서요."

"대신 이 세상에서 가장 행복하게 졌거든."

"예?"

"그런 게 있어."

장태는 찡긋 윙크를 날리고 차에 올랐다. 진심이었다. 이런 패배라면 언제든 행복하게 받아들일 준비가 된 장태였다.

"세준아!

장태가 세준을 돌아보았다.

"예?"

"거래처에 물어봐라. 피시앤칩스 만들 만한 재료가 뭐가 있는지."

"공원에 한턱 쏘게요?"

"번지수가 틀렸다. 에이미가 말한 고아원으로 가려고."

"예? 정말요?"

놀란 숀리의 고개가 벼락처럼 솟구쳤다.

"저번에 그쪽 원장님하고 통화는 했는데… 이런 날 기습 파티 어때? 대신 우리 일당은 없다."

"으아악, 대찬성이에요. 에이미도 부를게요."

숀리는 몸서리를 치며 좋아했다.

"여보세요……."

세준이 통화하는 동안 장태는 호텔을 돌아보았다.

요리…….

열린 눈과 마음을 가진 쉐프를 만나 또 하나의 눈을 뜬 기분이었다.

스베뜰라나와의 매칭은 확실히 대박이었다.

미칠 듯한 대박…….

6장

천사의 손길

"출발!"

식재료와 스파이스, 기름 등을 챙긴 장태가 목청을 높였다. 차량은 두 대였다. 좋은 일이라며 톰과 림뽀까지 합류한 탓이었다.

쿵쾅쿵쾅!

세준은 신나는 곡을 틀어댔다. 장태의 요청이었다. 신나는 요리를 하려면 진짜 신이 나야 했다. 혈관을 흔들고 세포를 흔들어 깨워 일체를 이루는 것. 그게 바로 진짜 흥인 것이다.

바론 고아원의 원생은 직원 포함 85명. 장태가 준비한 건 100인분의 피시앤칩스. 물론 그것 외에도 다른 준비물이 있었다.

바로 대다수 아이들이 좋아하는 치킨. 서둘러 염지를 한 치킨은 가는 동안에 알맞게 간이 밸 일이었다.

"야, 에이미, 너 어디냐?"

숀리는 몇 번이고 전화로 에이미의 위치를 확인했다. 그녀도 합류시킬 작정이었다. 그렇기에 숀리의 입은 귀밑에 걸려 내려오질 않았다. 그 기분은 안나와 톰, 림뽀도 다르지 않았다.

그러나!

이 일에는 사실 일대 보안을 걸어놓았다. 이른바 깜짝 파티를 연출하려는 것이다. 불고기처럼 냄새 요란한 메뉴가 아니니 가능할 수도 있었다.

"이쪽으로 오시죠."

바론에 도착하자 원장과 두 명의 직원이 장태를 맞았다. 장태와 일행들은 평범한 손님처럼 주방으로 들어갔다.

주방은 아주 평범했다. 그러나 가스만은 충분했다. 장태는 예비용으로 들고 온 기름솥까지 가스 불 위에 올려놓았다. 세 명이 동시에 튀겨내야 하기 때문이었다.

그때 숀리의 전화기가 울렸다.

"에이미!"

숀리는 또 자지러진다.

"아, 부쉐프 혼자 날 만났네."

세준은 괜한 핀잔을 날려댔다.

잠시 후에 에이미가 활기차게 들어섰다.

"안녕하세요, 쉐프!"

그녀가 인사를 해왔다. 그러더니 누가 시키지도 않았음에도 조리복을 꺼내 걸쳤다. 이어 주방도 세트를 펼쳐 놓았다. 초라하지만 반질하게 길이 든 세트였다.

"좋은데?"

칼날을 확인한 장태가 웃었다.

"주운 거예요."

에이미가 얼굴을 붉혔다.

"주웠다고?"

"문을 닫는 레스토랑에서 버린 건데 쓸 만해 보였어요. 그래서 제가 찜했죠, 뭐. 쓸 만한 걸 버리면 자원 낭비잖아요?"

에이미는 주운 칼에 대한 정당성을 그렇게 부여했다.

"칼은 누가 갈았지?"

"제가요."

"직접 갈았다고?"

"잘 못 갈았나요?"

"아니, 아주 우수해."

장태는 엄지를 세워 보였다. 빈말이 아니었다. 칼날과 용도를 제대로 파악하고 있었다. 게다가 닳고 닳은 칼자루라 그녀의 작은 손에 맞춤해 보였다.

"아이들은 어디 있죠?"

장태의 시선이 원장에게 건너갔다.

"체육관에서 기도 중에 있어요. 지난번에 희생된 친구들을 추모하기 위해……."

"얼마나 걸릴까요?"

"그야 쉐프 마음이죠. 원하는 대로 시간을 끌고 있을게요."

마음에 드는 대답이 나왔다.

"에이미는 일단 숀리를 도와 감자를 썰도록."

"네에!"

에이미 옆에서 숀리도 같이 대답을 했다. 세준은 들뜬 숀리의 머리를 가볍게 쥐어박아 주었다.

"숀리!"

장태가 묵직한 목소리로 호명을 시작했다.

"I am ready!"

모자까지 눌러쓴 숀리, 뜰채를 들어 보이며 의젓하게 대답했다.

"안나!"

"Me too!"

식탁 앞에 버티고 선 안나도 거침없는 대답을 날려왔다.

"톰!"

"분부만 하시라고!"

마지막으로 세준과 림뽀를 돌아본 장태가 마침내 시작을 알렸다.

다다다다다닥!

도마를 울리는 칼질 소리가 울려퍼지기 시작했다. 그 소리는 마치 희망의 합주곡처럼도 들렸다.

"어쭈, 잘하는데?"

에이미의 지척에서 숀리가 말했다.

"내기할래? 열 개 누가 빨리 써나?"

"오케이, 시작!"

"뭐야? 같이 시작해야지."

에이미는 감자를 당겼다. 둘의 손은 팔랑팔랑 잘도 움직였다.

앞서거니 뒤서거니 감자를 썰어내는 손리와 에이미. 사실 승부가 중요한 일은 아니었다.

네 사람이 썰어대니 재료는 순식간에 준비가 끝났다. 손을 턴 장태는 가벼운 손놀림으로 튀김반죽의 농도를 확인했다.

'히솝아, 아이들의 고단한 마음을 쓰다듬어 주렴.'

첫 번째 선택된 스파이스는 히솝이었다. 불안감을 없애는 효과 때문이었다. 재스민도 빠지지 않았다.

기분을 고양시키는 데는 이만한 것이 없다. 다음으로 듬뿍 첨가한 건 벌꿀과 아니스. 자연적인 단맛으로 풍미를 더해 스트레스까지 한 방에 잡아주려는 배려였다.

"에이미!"

반죽 준비를 끝낸 장태가 에이미를 불렀다.

"또 뭐할까요?"

에이미가 쪼르르 다가왔다.

"혹시 당근이나 오이로 모양내는 거 배웠어?"

"그럼요."

"그럼 이거 가능하겠네?"

장태는 그 앞에 딸기 하나를 내밀었다. 칼로 손질이 된 딸기였다.

"어머!"

"안 될까?"

"해보진 않았어요. 어떻게 하는 거죠?"

"자, 이렇게 하고 딸기 크기에 따라 3—5—7조각을 사선으로 올라가면서……."

장태가 시범을 보였다. 맨 아래쪽에 다섯 칼집을 넣고 딸기를 살짝 돌려 사선으로 다시 다섯 조각. 그 마지막은 세 조각으로 내고 자른 면을 살짝 벌렸다. 그러자 딸기는 바로 장미로 변했다.

"와아, 해볼게요."

"저기 저 못생긴 오빠하고 같이……. 보조로 부려먹어도 되니까 잘 부탁해."

"걱정 마세요. 할 수 있을 거 같아요."

에이미는 세준을 향해 뛰어갔다.

"자, 이제 가시죠?"

첫 광어살을 집어든 장태가 톰에게 말했다.

"오케이!"

"숀리!"

"준비 끝났어요."

촤아아!

촤르르!

튀김 교향곡이 시작되었다. 닭이 울고 광어가 날고 감자가 통통거렸다. 하늘과 바다, 그리고 바다의 교향곡. 그거야말로 진짜 삼위일체의 소리가 아닐 수 없었다.

"숀리!"

딸기를 손질하던 에이미가 찡긋 윙크를 건넸다.

"땡큐!"

숀리도 윙크로 보답. 하지만 서툰 그는 두 눈을 다 감는 실수를 저지르고 말았다.

시동이 걸린 건 안나와 림뽀도 같았다. 식당의 테이블을 이리 뛰고 저리 뛰며 만반의 준비를 갖추고 있었다.

식탁마다 놓인 건 두 개의 소스였다. 머스터드를 응용한 매콤달콤한 소스와 볼로네이즈를 변형한 고소한 맛의 소스. 둘 다 아이들이 좋아할 만한 맛이었다.

하지만 소스 외의 준비물은 음료수와 브리오슈 하나씩이 전부였다.

음료수 한 잔과 브리오슈 하나.

조금 색다르다면 브리오슈의 끝에 푸아그라를 덧바르고 그 위에 아몬드 가루를 뿌렸다는 것.

"쉐프!"

요리의 중간에 원장이 들어섰다.

"얼마나 남았습니까?"

"20분 정도요."

"오케이, 30분 후에 데려오겠습니다. 애들이 슬슬 꾀를 내고 있어서요."

"그렇게 하세요."

광어살을 건져 내며 장태가 말했다. 기름과 함께 흘러나온 육즙에서 느껴지는 광어의 바다 향이 좋았다. 대구가 없어 택한 거지만 대구 맛에 꿀리지 않을 광어들이었다.

그래!

광어야.

두 눈을 부릅뜨고, 그 깊고 깊은 바다 바닥의 모험을 즐기는 마음을 전해주렴.

실의에 잠긴 여기 아이들에게 말이야.
장태는 조금 남은 광어를 마저 반죽에 넣었다.
"임무 끝!"
에이미가 제일 먼저 두 손을 털고 일어섰다. 그녀의 손에는 비닐장갑이 끼어져 있었다. 손을 벤 모양이었다. 하지만 내색도 않고 묵묵하게 맡은 일을 끝낸 에이미. 어쩐지 그녀도 좋은 쉐프가 될 것 같은 예감이 밀려들었다.
"다 됐으면 양상추도 부탁해."
장태가 소리쳤다. 시간이 다가오니 목소리가 빨라졌다. 손도 마찬가지였다.
"감자튀김 완료예요!"
곧이어 숀리도 손을 들었다.
"치킨 완료!"
두 번 튀긴 치킨을 건져 낸 톰도 마찬가지.
장태는 몇 개 남은 광어 조각을 마지막으로 밀어 넣었다.
"숀리, 이거 익으면 꺼내줘."
튀김을 맡긴 장태는 톰과 함께 접시 앞에 나란히 섰다. 네 개의 팔이 가지런히 움직이기 시작했다.
웅성웅성!
밖에서 아이들의 목소리가 들려왔다.
"애들이 오나 봐요."
문틈으로 밖을 보던 세준이 신호를 보내왔다.
강당에서 나온 아이들이 식당으로 밀려들고 있었다.
기도가 끝나면 특식!

아이들은 기대감에 한껏 부풀었다. 나이가 조금 많으나 적으나 마찬가지였다. 졸던 아이도 열심히 기도한 아이도 같았다.

뭐가 나올까?

그들은 저마다 군침을 넘기며 식당으로 밀려들었다.

"……?"

먼저 들어선 아이들의 표정이 얼음처럼 굳었다. 식탁에 마련된 특식은 형편이 없었다. 고작 빵 하나에 음료수 한 잔이 아닌가?

"그럼 그렇지."

"내가 이럴 줄 알았다니까."

조금 큰 아이들의 입에서 볼멘소리가 쏟아져 나왔다.

"자자, 다들 자리에 착석. 기도부터 하고 간식 먹자."

뒤따라 들어선 원장이 아이들을 달래며 질서를 잡았다.

탁!

불도 꺼졌다.

"자, 기도합시다."

원장의 목소리는 높았다. 아이들은 마지못해 눈을 감았다. 얼마가 지났을까? 원장이 기도의 끝을 알려주었다.

"이제 눈을 떠도 됩니다."

원장의 말과 함께, 아이들은 맥없이 눈을 떴다. 그러자 꺼졌던 불이 환하게 들어왔다.

"……?"

아이들은 일제히 소스라쳤다.

매직!

그건 진짜 마법이었다. 달랑 음료수 한 잔과 작은 빵 하나뿐이던 식탁. 그러나 지금은 푸짐한 치킨 튀김에 더해 기가 막힌 피시앤칩스, 그리고 딸기 장미까지 가득한 접시가 그들 앞에 놓여 있지 않은가?

"원장님?"

놀란 아이들이 원장을 바라보았다.

"놀랄 거 없어요. 저기 높은 곳에 계신 분이 여러분의 아픈 마음을 달래주려고 천사들을 보냈거든요. 맛난 요리의 천사!"

원장이 주방 쪽을 가리켰다. 그러자 장태와 숀리, 톰과 에이미 등의 주방 천사들이 나란히 걸어나왔다.

"여러분을 위해 고생한 손 쉐프와 그의 멤버들에게 박수!"

"와아아!"

짝짝짝!

따뜻한 박수가 쏟아졌다. 불과 몇 분 만에 바뀌어 버린 식탁의 분위기. 잔뜩 풀이 죽어 있던 아이들의 표정에는 밝은 희망이 넘실거리고 있었다.

"이 쉐프가 바로 초황의 손 쉐프입니다. 세상에서 가장 맛있는 피시앤칩스 알죠? 그 초황 말이에요."

장태를 소개하는 원장의 목소리도 떨고 있었다.

피시앤칩스와 치킨 튀김, 그리고 딸기를 깎아 만든 장미에 더한 귀여운 브리오슈. 아까는 초라해 보이던 브리오슈는 메인 접시를 만나자 더 할 수 없는 구색이 되고 있었다. 단출하면서도 아이들 구미와 기호에 맞춘 요리들은 아름답게 반짝였다. 그렇기에 원장은 시큰해진 콧날을 참지 못하고 고개까지 돌리고 말았다.
"에이미!"
아이들 무리에서 소녀 하나가 일어섰다. 장태 옆에 서 있는 에이미를 발견한 소녀. 그녀가 바로 에이미와 연락을 나누던 밀키인 모양이었다.
"세상에, 진짜 손 쉐프님을 데려오다니……."
밀키의 눈은 요리를 먹기도 전에 젖어버렸다.
"하지만 딸기 장미는 내가 만들었다는 사실."
"어쩜……."
"게다가 지상 최강 맛의 감자를 튀긴 사람은 내 친구 숀리야."
"세상에!"
"먹어봐. 다 너를 위한 선물이니까."
"고마워."
밀키의 목소리도 젖었다. 하지만 그뿐이었다. 에이미가 광어튀김을 입에 넣어주자 그 표정은 딸기 장미처럼 환하게 피어났다.
"맛… 있… 다……."
그게 신호였다.
"너무너무 맛있어요."
"최고예요."
"막 힘이 나는 거 같아요."
아이들이 환호하기 시작했다.
"많이 먹고 모자라는 사람은 더 신청. 요리는 넉넉하니까 말이야."

장태는 아이들 곁을 돌며 차례로 어깨를 두드려 주었다. 그때마다 아이들은 딸기 장미보다 더 붉고 아름답게 웃었다. 즉흥적인 결정으로 달려온 일, 그렇기에 힘도 들 법하지만 그런 건 하나도 느껴지지 않았다. 오히려 뭐라도 자꾸, 더해주고 싶은 마음뿐이었다.

재능기부!

거꾸로였다.

어쩌면 아이들이, 장태에게 행복을 기부하고 있다는 게 옳았다. 그렇지 않다면 이렇게 뿌듯해질 리가 없었다.

"원장님도 드세요."

원장에게도 안나가 접시를 안겨주었다. 그사이에도 쵿리는 여분의 튀김과 감자를 가져다 친구들에게 나눠주느라 바빴다.

"고마워, 오빠!"

감자튀김을 올려줄 때 여섯 살쯤 난 꼬마가 웃었다. 눈동자와 또렷한 입술이 귀여운 흑인 소녀였다.

"치킨 더 줄까?"

쵿리가 묻자 소녀는 광어튀김을 쵿리 입에 물려주었다.

"오빠도 먹어."

행여나 목이 마를까 음료수까지 내주는 소녀.

"아, 진짜 형은……."

주방 앞에서 지켜보던 세준이 코맹맹이 소리를 혀를 찼다.

"내가 뭘?"

"왜 자꾸 사람을 감기에 걸리게 하냐고요. 에취!"

엉뚱한 말로 감정을 쏟아낸 세준이 헛기침을 쏟아냈다. 그때 흑인 꼬마 소녀가 원장을 향해 외쳤다.

"원장 선생님, 내 배에 수박이 들어왔나 봐요. 이따 만큼 커졌어요."

"그거 네 동생이야. 우리 엄마도 그랬어."

옆에 있던 다른 꼬마가 말했다.

"아하하핫!"

원장과 직원들이 배꼽을 잡으며 웃었다. 그러자 조금 큰 아이들도 한마디씩 보태왔다.

"나는 한 달쯤 뭐 안 먹어도 될 것 같아요."

"나는 일 년!"

마지막은 에이미의 친구 밀키가 장식했다.

"쉐프님!"

"응?"

장태가 고개를 들었다.

"같이 사진 찍어도 돼요?"

"물론이지."

"와아!"

밀키는 장태 옆에 찰떡처럼 붙었다. 그런 다음 에이미와 숀리까지 당겨 몇 번이고 사진을 인증샷을 찍어댔다.

"사인도 해주세요!"

사인?

장태의 행복한 시련이 시작되는 신호였다. 몇몇 꼬마를 제외하고 거의 모든 아이들이 장태 앞에 줄을 섰다. 사인은 쉽지 않았다. 아이들의 경쟁심에 불이 붙은 까닭이었다.

처음에는 사인이면 되었다. 그러다 아이들에게서 요구 사항이 하나둘 늘어나기 시작했다.

재보다 크게 써주세요.

요리 그림도 그려주세요.

요구는 조금씩 변질되기 시작했다.

손바닥 찍어주세요.

키스 마크 찍어주세요.

발도장 찍어주세요.

그러다 결국 난감한 요구까지 나오고 말았다.

"나는 똥꼬 도장 찍어줘요."

키가 작은 아이는 정확하게 장태의 그곳을 가리켰다. 장태는 그 자리에서 기절하고 말았다.

그래도 정말 행복한 하루였다. 장태뿐만 아니라 함께 간 멤버들 모두에게. 바론의 식탁에는 웃음과 행복이 멈추지 않았다.

모락모락!

기름솥에서 막 건져놓은 맛난 튀김처럼…….

7장

황당한 오더

그 아이가 와 있었다.

딘 경위가 데려왔던 꼬마 아이.

다행히 오늘은 낯을 가리지 않았다. 숀리 옆에 붙어 요리하는 걸 지켜보기도 했다. 꼬마는 숀리가 만들어준 요리를 깔끔하게 먹고 돌아갔다. 물론 오늘도 한 조각을 남겼다. 그건 숀리가 해치웠다.

"오늘은 아침 식사도 제법 먹었어요. 덕분에 자주 오지 않아도 될 것 같습니다."

딘 경위가 말했다. 꼬마는 숀리가 싸준 감자튀김을 한 아름 안고 돌아갔다.

"고마워요, 쉐프!"

제법 의젓한 배꼽 인사까지 남긴 채.

나도 땡큐!

장태는 미소로 답했다.

다시 요리 개발에 매진했다. 숀리는 구석에서 기본을 익히고 세준 역시 기본기를 닦았다. 기본기는 뼈대다. 뼈가 튼튼하지 않은 몸은 오래 가지 않는다. 습관이 되도록 완전하게 익혀야 하는 것이다.

장태는 샤프란의 암술대를 집어 들었다. 암술대를 뜨거운 물에 담그면 색소가 우러나온다. 그 노란 빛은 전과 달라 보였다.

요리에는 열린 마음이 필요했다. 한두 가지에 몰두하는 것도 좋지만 결국 시야를 가린다. 요리의 세계가 그만큼 넓고 깊다 보니 한 번 간과하면 평생을 잊고 사는 것이다.

그런 면에서 보면 노숙자들은 장태의 멋진 스승들이었다. 그들의 다양한 입맛과 평가, 그리고 다국적으로 구성된 사람들. 그들을 상대하면서 저절로 내공이 쌓인 것이다.

오늘의 스페셜 역시 괜한 시간의 낭비가 아니었다. 한 사람 한 사람의 기대에 맞추면서 요리의 세계관을 넓혀온 셈이니까.

—울금에서 우러나온 노란 물.

—치자에서 우려낸 노란 물.

—석류껍질에서 나온 노란 물.

—샤프란의 노란 물.

—타메릭의 노란 물…….

그 물은 전부 농도와 느낌이 달랐다. 하긴 노랑 천연색소가 이것뿐일까? 한국에 가면 몇 가지를 더할 수 있다. 그러니 세계적으로 보면 장태가 알지도 못하는 노랑들이 지천으로 깔렸을 일이었다.
노란색끼리 더하고 빼면서 감을 잡아보았다. 같은 노랑이지만 개성이라는 게 있다. 성분이 다르다. 그렇기에 더하면 달랐다.
장태에게 없는 스파이스와 자연 색소는 스베뜰라나가 제공해 주었다. 앞으로도 뭐든 부탁만 하라는 말도 들었다. 덕분에 새로 정립한 색을 입혀 대구를 튀겨냈다.
"어쩜, 세상에!"
튀김색을 본 안나는 그 자리에서 자지러졌다.
노랑!
자지러지도록 맑은 노랑이었다.
투명하면서도 깊은 느낌의 노랑은 차마 요리가 만든 색으로 보이지 않았던 것이다.
"꼭 노랑 꽃 전등 같아요."
노란 산수유 등을 밝히며 다가오는 봄.
민들레 노랑으로 미소짓는 봄.
잊었던 시 한 줄이 떠오를 정도였다.
"그러게요."
손리와 세준의 느낌도 다르지 않았다. 장태는 고아원의 일이 좀 아쉬웠다. 이런 색감의 튀김을 해주지 못한 아쉬움…….
'다음에 또 가면 되지.'
그렇게 마음을 위로했다.
"땡큐, 알았으니까 아부는 스톱하고 일단 맛부터 봐라. 요리란 역시 맛이지."
장태가 접시를 내밀었다.

와사삭!

바싸싹!

소리의 청량감도 전보다 나았다. 그 느낌에 압도당한 안나는 송아지만 한 눈망울을 굴리며 어쩔 줄을 몰라 했다.

"튀김옷의 맛이 너무 청량해요. 대구살에게 부드럽게 달라붙어 맛을 증폭시키는 느낌?"

"맞아요. 저번 것보다도 확실히 나은데요?"

안나에 이어 숀리의 평도 좋았다.

"세준아, 너 기존 피시앤칩스 찍은 화면 있지? 이거 찍어가지고 영상에는 어떻게 나오나 한 번 보자."

장태가 주문을 넣었다.

"예, 쉐프!"

지시를 받은 세준이 카메라를 돌렸다.

"……!"

두 개의 화면을 본 장태도 놀랐다. 확실히 달랐다. 노랑이 살아 있는 것이다.

전의 것도 좋은 비주얼이었지만 새로 개발한 색감은 완전히 살아 있는 생동감……. 치명적인 유혹의 빛깔이었다.

'그렇다면?'

영감을 받은 장태의 아이디어가 된장과 간장으로 옮겨갔다. 랍스터 소스의 세 짝꿍들. 고추장은 붉은 빛이라 문제가 전혀 없었다. 하지만 된장 소스는 색감이 튀튀한 게 좋지 않았다. 장태는 그 색감을 스테이크 소스와 유사하게 바꾸고 싶었다. 서양인들이 익숙한 그 색…….

붉은 색감과 노란 색감!

그걸 빌려 다홍을 이룬 후에 된장 소스를 접목했다. 그러자 홍색빛이 도는 소스로 바뀌었다. 된장 소스가 모험심을 요구하는 색감이었다면 이건 호기심을 끄는 색감 쪽에 속했다. 기세를 몰아 간장 소스에도 깊은 빛깔을 더 했다. 이렇게 해서 한국적 세 소스의 빛깔 또한 먹어보고 싶은 색감으로 변화시켜 버린 장태.

"숀리!"

세 소스의 개발을 끝낸 장태가 숀리를 불렀다.

"예, 쉐프!"

"오늘 저녁 간식은 특별히 랍스터 요리다. 공원에 가서 알려."

"진짜요?"

"그래. 그리고 맛 평가표도 준비하고."

맛 평가표는 개개인의 만족도를 조사하는 것. 소스의 만족도와 함께 3항목으로 나눠 스티커를 붙이는 조사 방법이었다.

"으아! 아저씨, 아줌마들 오늘 환장하겠는데요?"

"아론 짜식도 있지요."

세준이 기대감에 못 이겨 몸서리를 치자 숀리도 한마디를 보탰다.

모처럼 차린 간식에는 바게뜨가 따라붙었다. 랍스터만으로는 수백 명 노숙자들의 위를 채우기 곤란했기 때문. 장태의 마음을 아는 노숙자들은 장태를 탓하지 않았다.

하지만 사고가 터졌다.

소스 때문이었다.

원래는 랍스터에 찍어먹고 평가를 해달라고 했던 장태. 그런데 호기심에 동한 노숙자들이 바게뜨에도 소스를 찍어버린 것이다.

듬뿍듬뿍!

당연히 소스가 동이나 버렸다. 전혀 예상치 못한 일이었다.

“소스가 없어요!”

“코리안 소스를 주세요!”

노숙자들은 바게뜨를 흔들며 소리쳤다. 별수 없이 긴급 공수를 하는 수밖에 없었다.

장태는 한 번 더 여섯 팔의 칼리 여신이 되었다. 스피드 위주로 만든 거라 정성을 다 쏟지도 못했지만 그래도 노숙자들은 불평하지 않았다. 한바탕 따뜻한 마음을 주고받은 간식 타임이 끝나자 장태네 멤버들은 녹초가 되고 말았다.

“우와, 소스 인기가 대단했어요.”

세준이 혀를 내둘렀다.

“정말요. 완전히 대박 인기잖아요.”

숀리도 동참.

장태는 평가표를 바라보았다. 뜻밖에도 고추장 베이스 소스 쪽이 인기 폭발이었다. 그중에서도 매운 맛이 가장 강한 쪽. 다음은 간장 베이스 소스였다.

“세준아, 부탁한다.”

장태는 통계를 세준에게 넘겼다. 이것만으로는 부족했다. 조금 더 다양한 계층의 입맛 파악이 필요했다.

‘다음에는…….’

중산층이 많이 오는 공원으로 갈 생각이었다. 그곳에서 소스 맛을 완전하게 정비하게 되면 정식 메뉴로 올릴 생각.

"형, 시원하게 맥주 한 잔 때려도 되요?"

통계를 내던 세준이 물었다.

"당연하지."

"나는 코크요."

숀리가 소리치자 안나가 주방으로 향했다. 그녀는 고단한 기색도 없이 어머니 같은 손길로 음료를 꺼내왔다. 그때 노트북을 정리하던 세준이 비명을 터뜨렸다.

"으악!"

"왜요? 무슨 사건이라도 터졌어요?"

음료를 내려놓던 안나가 물었다.

"그게 아니고… 이것 좀 봐요."

세준이 화면을 가리켰다.

"흐음, 형 또 무슨 야한 동영상 올리다 바이러스 감염?"

숀리가 화면으로 다가갔다.

"짜샤, 그건 수컷이면 당연한 호기심이고……. 그거 말고 이 작품 좀 보란 말이야."

세준이 열어놓은 건 숀리와 장태의 요리 모습이었다.

"유튜브? 이거 저번에 올린 거잖아?"

"누가 아니래? 좀 자세히 보라고!"

세준이 버럭 소리를 질렀다.

"암만 봐도 이 숀리가 멋있다는 것밖에는……."

"그거 말고 구독자 수!"

구독자 수?

"어머!"

화면을 바라본 안나가 발딱 놀라며 물러섰다.

"으악, 구독자 수가 40만?"

숀리도 비명을 지르며 고개를 들었다.

"형, 좀 봐요. 바빠서 열흘에 한 번 정도 올리고 있는데 완전히 대박이 났어요."

세준은 흥분된 얼굴로 장태를 끌었다.

구독자수 413,000명.

유튜브에 대해 자세히 모르는 장태가 세준을 바라보았다.

"형 몰라요? 이 정도면 초초초 대박이라고요. 형 마사 스튜어트 알죠? 살림의 여왕으로 정평이 난 여자……."

"들어본 것 같다. 유튜브에서 인기를 구가하고 있다고……."

"그 여자도 구독자는 20여만 명밖에 안 돼요. 그런데 40만 명이면 압도적이라고요."

"그래?"

"이 정도면 미국 가정 식탁의 전설인 쥴리아 차일드도 따라잡을 수 있어요. 으아악, 당분간은 구독자 수 안 보려고 했는데 이 정도라니……."

세준의 흥분은 좀처럼 가라앉지 않았다.

신드롬!

그건 정말 작은 신드롬이었다. 그러나 우연은 아니었다. 어쩌면 농구 선수 에드아르의 생방송 멘트가 기폭제가 되었는지도 모른다. 그날 그의 팬들이 날린 SNS는 가히 핵탄두급이기 때문이었다.

"으아! 이메일은 또 언제 이렇게 쌓였지? 이거만 보려도 날 새워야겠어요."

"나한테 온 것도 있어?"

숀리가 물었다.

"있다마다. 네 앞으로 온 것만 해도 80통이 넘어."

"그럼 나도 인기 쉐프네. 나 좀 보게 해줘."

숀리가 세준의 등을 밀었다.

"알았다. 조금만 기다려라. 랍스터 편 좀 올리고……."

세준의 손은 모터보다 빠르게 자판 위를 날아다녔다.

뜻하지 않은 유튜브에서의 폭발적인 반응.

몇 편 올리지도 않았는데 대박이 난 건 세준 덕분이었다. 세준은 동영상의 차별화를 택했다. 왜냐하면 유튜브에 요리를 올리는 사람은 셀 수 없었기 때문.

'자칫하면 허섭스레기에 묻힌다.'

세준은 인터넷의 명암을 제대로 알고 대처했다.

세준이 올린 동영상은 두 파트였다.

하나의 레시피로 두 장면을 보여주는 시도.

—처음에는 서툰 숀리가 요리를 만들고.

—그다음에는 노련한 장태가 만들고.

하나의 레시피에서 완성된 두 개의 요리는 분위기가 달랐다. 유저들은 그 점에 열광했다. 어린 숀리 편을 보면서 '나도 저 정도는 할 수 있다'라는 자신감을 얻고, 장태 편을 보면서 전문가가 만드는 요리의 즐거움을 만끽하는 것. 그렇기에 본격 요리까지 다루는 레시피에도 부담감을 갖지 않은 것이다.

어린 손리의 만만함.

달인 경지의 장태의 위엄.

두 가지 화면이 묘한 대비를 이룬 결과였다.

살아 있는 노랑!

내일의 피시앤칩스에 쓰일 천연색소를 개발한 장태. 준비도 가뜬하게 끝을 맺었다. 마음은 벌써 내일로 간 후였다.

"와아, 이 튀김색 좀 봐."

"So Beautiful!"

손님들의 반응이 환청으로 들리는 듯했다.

그때 전화기가 울렸다.

누굴까?

전화를 받아드니 파로시아의 목소리가 흘러나왔다.

—쉐프 손?

"예, 그렇습니다."

—나 백악관 파로시아예요. 기억하시죠?

"물론이죠."

장태는 전화기를 반대편 손으로 바꿔 잡았다.

—잠을 방해한 건 아닌가 모르겠네요.

"괜찮습니다. 아직 잘 시간이 아니거든요."

—다행이네요. 미리 알려드릴 일이 생겨서요.

"말씀하시죠."

—DPR Korea 회담 있잖아요? 저쪽에서 오더가 들어왔네요.

'오더?'

―오늘 사전 준비로 통화하면서 인사말로, 우리 쪽에 코리아 출신 쉐프가 있다고 정찬에 원하는 메뉴가 있느냐 물었더니…….

파로시아는 잠시 주저하다 남은 말을 붙여주었다.

―그런 쉐프라면 입가심으로 평양냉면을 먹어보고 싶다고…….

평양냉면!

그것도 주 메뉴가 아니라 입가심?

―우리가 먼저 물어본 일이라 쉐프에게 상의도 하지 않고 접수하고 말았어요. 가능할까요?

"다른 오더는요?"

―나머지는 알아서 하라고…….

"……."

"쉐프 손……."

"혹시 저말고 다른 쉐프라도 섭외되었나요?

―무슨 말씀이세요? 우린 쉐프 손 외에는 생각해 본 적이 없어요."

"저는 냉면을 전문으로 하는 쉐프로 교체하려는 건가 싶어서……."

―절대 아니에요.

"하긴 아직 시간이 있으니……."

―불가능하다는 건가요?

파스시아가 불안하게 물었다.

"평양냉면은 단순히 누들의 한 종류가 아니고 좀 까다로운 요리입니다. 한국에서도 웬만한 요리사들은 제대로 된 맛을 못 내거든요. 더구나 본고장 북에서 오는 사람들이라면……. 주요리가 좋았다고 해도 그것 하나로 모든 걸 망칠 수도 있습니다."

—어머, 그 정도예요?

"……."

—제 실수로군요. 그렇다면 다른 채널로 다른 요리를 제시해 보도록 할게요.

"괜찮습니다. 대안이 있는 게 아니라면 제가 고민해 보도록 하겠습니다."

—죄송해요. 쉐프 자랑을 한다는 게…….

"아닙니다. 한편으로는 잘하신 일이지요. 그분들이 원하는 후식 메뉴를 알아낸 것이니……."

—어쩜 말씀도…….

"다른 건 변동이 없죠?"

—네.

"그럼 이만……."

장태는 전화를 끊었다. 그러고도 한동안 전화기를 바라보았다. 빈 화면 안에서 파로시아가 아른거리는 것만 같았다.

평양냉면!

장태도 냉면을 좋아한다. 하지만 그 기억은 삭고 또 삭은 후였다. 여기가 어딘가? 미국이 아닌가? 한국 사람들조차도 냉면을 별미로 먹는 곳에서 자주 대했을 리가 없었다.

하지만 그것도 요리.

명색이 쉐프인데 '난 못해요' 하고 손을 들 수는 없는 일이었다.

숙소로 돌아온 장태는 레시피부터 찾아 들었다. 냉면 레시피, 수많은 레시피 안에 끼어 있기는 했다.

자료!

이럴 때마다 새삼 프랑스 요리의 힘을 느끼게 되는 장태. 한국에도 원래는 평양냉면의 명인이 한둘이 아닐 일이었다. 그러나 그들은 레시피를 그들 머리에만 남겼다. 속된 말도 며느리도 모르는 비기로 간직하다 현역에서 물러나거나 세상을 뜬 것이다.

"……!"

몇 장을 뒤적이던 장태, 박스의 맨 아래에서 빛바랜 신문을 집어들고 눈이 휘둥그레졌다.

득템!

그 기분이었다. 우연히 굉장한 식재료를 얻게 되는 기쁨, 그 못지않은 감정이었다.

〈창경원 앞 만경옥의 마지막 호랑이 주방장〉

신문의 제목은 그랬다. 날짜를 보니 새록새록 과거가 떠올랐다. 미국으로 오기 전 짐을 꾸릴 때였다.

한국을 대표하는 요리를 생각하다 그중 하나로 냉면을 꼽았다. 그때 여러 기사 중에서 가장 정통성이 있다고 생각한 특집기사 조각을 끼워 넣었는데 그게 아직까지 끼여 있었다.

장안 최고의 냉면집 우래옥, 다원각, 봉피양.

그러나 그 시발이 되었던 냉면집이 바로 창경궁 앞에 자리한 만경옥. 거기 평양 출신 호랑이 주방장에게 냉면을 배운 사람들이 각기 명월관 등의 새 주인과 만나면서 장안에 평양냉면이 활개를 치기 시작했다.

〈평양냉면의 핵심은 육수, 면, 고명!〉

기사는 또렷하게 반짝거렸다. 육수가 첫손에 꼽히니 그 생명의 원천은 육수에 있다는 뜻이었다.

육수. 서양에서는 스톡…….

장태는 계속 기사를 읽어내려 갔다.

—반죽 담당 반죽꾼.

—면을 익히는 발대꾼.

—면을 찬물에 행구는 앞잡이.

—배달하는 중머리…….

평양냉면집에는 각각의 역할마다 이름이 다른 요리사들이 있었다. 장태는 육수 부분에 시선을 고정시켰다.

'육수는 뭘로……?'

주인공은 양지와 사태였다. 소 잡뼈와 돼지등뼈, 삼겹살과 노계(老鷄)도 들어간다. 여기에 무와 마늘, 생강과 감초 등을 넣어 4시간을 끓인다. 불순물을 걷어내고 1시간 정도 지나면 채소를 걷어낸다.

'채소에서 쓴맛이 나오기 전에 건지는 거로군.'

뒤를 이어 소와 돼지등뼈도 솥에서 아웃. 뼈를 너무 오래 삶으면 사골국물이 우러나와 국물을 망친다는 것. 육수의 완성은 그것으로 끝이 아니었다. 끓이다 물이 많이 증발하면 육수를 죄다 퍼내고 물을 다시 채워 끓인다. 이것을 처음에 퍼낸 육수와 섞어 맛을 일정하게 유지한다.

1육수+2육수!

두 개를 끓여 하나의 맛을 내는 건 쉬운 일이 아니다. 물론 장태는 대량 육수가 필요한 건 아니니 꼭 그럴 필요는 없었다. 아무튼 육수 하나만 봐도 만만한 일은 아니었다.

겨우 육수에 대한 이해를 끝낸 장태, 선주후면(先酒後麵)이니 선육후면(先肉後麵)이니 하는 말을 읽어가다가 시선을 멈추고 말았다. 뒷면에 나오는 글 때문이었다.

"……!"

다시 한 번 읽어본 장태는 숨을 쉬지 못했다. 까탈스러운 육수에 대한 이해, 그걸 무력화시키는 글이 등재된 까닭이었다.

'평양냉면에는 원래 동치미 국물이 들어갔다!'

동치미 국물?

그렇다면 고기 육수가 아니라 김치 국물 육수가 원조라는 말?

더구나 손님들은 정통 북한 사람들.

맙소사!

애석하게도 읽고 또 읽어도 기사는 변하지 않았다.

동치미, 이걸 구해야 한단 말인가?

냉면은 주메뉴도 아닌 상황.

게다가 여기는 미국.

그것도 본토 사람의 입맛을 충족시킬 수준의 것을?

*　　　*　　　*

제일 먼저 스승에게 전화를 했다. 스승이라면 믿을 만한 사람이니 보안을 염려할 필요는 없었다.

—북한 인사들이 먹을 평양냉면?

그 정도로만 상의했다. 스승은 깊이 묻지 않았다.

"예!"

—난해하군. 그렇다면 정통 평양냉면을 내야 할 텐데 북한 쉐프들은 해외 진출이 드물어서…….

"스승님은?"

—나 역시 흉내나 내는 정도라네. 더구나 자네가 원하는 건 동치미 육수라며?

"자료를 보고 나서 레시피를 뒤졌더니 진짜 평양냉면은 김칫국물 육수가 원조라고 나와서……."

—그렇다면 그렇게 가야지. 선예약을 한 거라면 기대가 클 텐데…….

"알겠습니다."

—다음 주라고 했었나?

"예……."

—동치미가 있는지 나도 한번 알아보겠네.

"고맙습니다."

장태는 전화를 끊었다.

'어차피 예상한 일…….'

실망하지 않았다. 스승이 오대양 육대주의 요리를 섭렵했다지만 여전히 북한은 베일 속의 땅이었다. 스승도 그 땅만은 밟지 못했던 것이다.

조금 주저하다 다시 다이얼을 돌렸다. 양숙자 할머니였다. 할머니는 전화를 받지 않았다.

노인들은 원래 잠자는 시간이 이르다. 어떤 사람은 해가 지면 자고, 신새벽에 일어난다. 별수 없이 다른 곳을 찾았다. 이번에는 한인회 부회장 이태구 쪽이었다.

—김치를 한국식으로 담궈서 먹는 교포요?

그가 되물었다. 목소리가 살짝 달아오른 걸 보니 술을 마시는 모양이었다. 그나마 장태에게는 다행이었다.

"없을까요? 솜씨가 좋은 분으로……."

—글쎄요. 이민 1세대라면 몰라도 요즘은……. 뭐 더러 있기는 하겠지만 솜씨까지 있어야 한다면 쉽지 않을 겁니다. 쉐프도 알다시피 요즘 한국산 재료가 죄다 수입되기는 하지만 한국하고는 사정이 다르지요.

"예……."

—이 시간에 전화하신 걸 보니 급한 일인 모양이군요?

"예약하신 분이 부득 그걸 먹고 싶다고 하셔서……."

—이거 알아봐주면 뭐 있는 겁니까?

부회장이 웃으며 물었다.

"그럼요. 다른 건 몰라도 요리에 관한 거라면 뭐든지……."

급한 김에 질러가던 장태가 말문을 흐렸다.

호언장담!

남발할 때가 아니었다. 지금 당장만 해도 맛난 동치미 육수를 찾지 못해 이토록 애가 타는 주제가 아닌가?

—좋습니다. 그렇잖아도 요즘 저한테 청탁 많이 들어오는 거 모르시죠? 한인회 임원이니까 초황에 예약 다리 좀 놔달라는…….

"그건 어렵지 않습니다. 저녁 시간대에 시간만 맞춰주시면……."

—약속하신 겁니다.

"예."

—어이쿠, 그렇다면 내가 목숨 걸고 알아보겠습니다. 옵션을 자세히 말해주세요.

"동치미 김치국물입니다. 가급적이면 직접 담근 것, 그리고 심심하게 담근 게 필요합니다. 물론 맛도 개운해야겠죠."

—하핫, 그렇다면 원판 북한식 김치로군요?

"……!"

부회장의 말에 장태가 흠칫거렸다.

—아, 실은 우리 할머니가 북한 분이거든요. 제가 어릴 때 그분 김치를 몇 번 먹어봤는데 무지 싱거웠어요. 그래서 목마르면 물 대신 마시기도 했었거든요.

"아!"

—아무튼 이거 우리끼리 MOU 체결된 겁니다. 김치 수배되면 다른 말 하지 마세요?

"그건 염려 마시고 빨리만 알아봐주세요."

—오케이, 내일 연락드리죠.

부회장이 전화를 끊었다. 기분이 묘했다. 술 마신 사람의 장담. 그건 사실 신빙성이 낮은 일이었다. 어쩌면 깨고 나면 망각의 강에 젖어 있을 지도 모를 일.

그럼에도 불구하고 한편으로는 위로가 되었다. 그가 북한 김치를 알고 있다는 사실 때문이었다. 다시 시계를 보니 자정이 훨씬 지난 시간.

평양냉면…….

그걸 곱씹다 보니 한편으로는 부끄러운 생각도 들었다. 앞뒤 가리지 않고 달려온 10여 년. 세계적인 요리를 웬만큼 마스터했다는 생각이 드는 즈음에 발목을 잡힌 셈이었다. 그것도 한국요리. 저 먼 아프리카의 토속 음식도 아니었다.

아버지의 장국수와 민어. 트리스탄이 요청한 한국식 요리.

그리고 이어지는 정통 평양냉면 만들기.

'어쩌면…….'

장태는 허공을 바라보았다. 가장 중요한 기본을 소홀히 한 것 같은 생각 때문이었다. 한국요리는 별거 아니라는 생각. 진짜 요리의 세상을 맛보려면 중국이나 서양으로 가야 한다는 가치관에 도전장이 날아든 것이다.

고개 돌린 장태의 눈에 한문 한 문장이 들어왔다. 스승이 물려준 중국요리의 레시피 집. 그 모서리 여백에 적힌 문구는 이랬다.

修身齊家治國平天下(수신제가치국평천하)!

먼저 자기 몸을 바르게 가다듬고 가정을 돌본 후에야 나라를 다스리고 천하를 경영할 수 있다는 의미.

요리로 치면 자기 나라의 요리를 먼저 배우고 다른 나라의 요리를 배우는 게 순서라는 꾸짖음인 것만 같았다.

오랜만에 장태는 잠을 설쳤다.

걱정 때문이 아니었다. 서양요리와 일본요리, 중국요리에 매진하는 것만이 요리의 왕도는 아닌 것 같다는 생각 때문이었다.

10년 요리를 배우면서 만나게 된 한국요리의 벽. 그렇다면 앞으로 남은 세월 동안에 이런 일이 없을 거라는 법은 없었다.

신새벽.

장태는 그대로 일어나 냉면 레시피를 읽었다. 읽고 또 읽었다. 평양냉면 레시피의 행간에 숨어 있는 깊은 뜻, 그걸 알아야 했다.

미국과 북한 정치인들의 정치적인 거래나 협상 따위는 상관이 없었다. 장태에게 중요한 건 그 테이블에 앉는 사람들의 요리에 대한 만족이었다. 그건 쉐프의 사명이자 의무요, 즐거움인 까닭이었다.

—편육은 종이에 말아 얼음 위에 올려둔다. 그래야 편육이 깔끔하게 잘 썰린다.

—메밀가루는 차가운 얼음물로 냉반죽을 한다.

—면은 공기 중의 수분에 따라 삶는 시간을 조절한다.

—삶긴 면은 최대한 빨리 말아 그릇에 닮아야 한다. 그렇지 않으면 손의 열 때문에 면 맛이 변한다.

평양냉면은 먹는 법에도 기승전결이 있었다.

면은 가위로 자르면 쫄깃함이 떨어진다. 나아가 잘린 면이 물기를 흡수해 찰기도 떨어진다. 자르지 말고 입으로 끊어 먹어라.

냉면은 반드시 나무젓가락으로 먹는다. 쇠 젓가락이나 가위는 금속 성분이 산화되면서 면 맛을 떨어뜨리기 때문이다.

평양냉면은 세 번쯤 먹어봐야 참맛을 안다. 처음에는 밍밍하고 별맛이 없다.

이게 또 기가 막히는 옵션이었다.

사람의 입맛은 자극적인 것에 길들여져 있다. 그렇기에 자연의 맛을 잊고 산다. 아니, 잊기만 하면 좋으려만 구박까지 한다. 완전히, 인공적인 맛이 자연의 맛을 밀어낸 것이다.

이제 보니 냉면은 마치 회와도 같았다. 그 또한 손의 열에 의해 맛이 변하는 요리. 하지만 삶긴 메밀이 그럴 거라고는 생각지 못한 장태였다.

골똘함 속에서 아침이 밝아왔다. 오늘의 레시피는 평양냉면으로 대신했다. 반죽을 하고 면을 뽑고, 김치국물 육수와 편육……. 고명까지 올려 맛을 보려했지만 상상의 레시피는 신기루처럼 주르륵 흘러내렸다.

'그렇단 말이지?'

흘러내리는 신기루에 입김을 불어 날려 버렸다. 신기루 따위는 필요 없었다. 쉐프는 실제 요리를 만드는 사람. 평양냉면은 아버지가 말한 전설 속의 팔개탕이 아니었다.

'못할 리 없어.'

장태는 스스로를 믿었다.

다시 한 번 평양냉면의 레시피를 복기하며 전의를 불태운 장태는 공원으로 나갔다. 아침 안개는 진하게 공원을 감싸고 있었다.

안개는 시리다. 처음에는 중세 시대처럼 보였던 골든 하트 공원. 장태도 모르는 사이에 노숙자들의 얼굴도 바뀌고 있었다.

"쉐프!"

장태를 반긴 건 라벨라였다. 살이 제법 빠진 그녀는 벌써부터 스트레칭으로 하루를 여는 중이었다.

"운동하세요?"

"그래야죠. 나 한때는 운동선수였다는 거 알죠?"

운동은 스트립퍼를 의미한다. 그녀는 한때 그걸 지상 최고의 직업으로 알고 살았다. 세상의 남자들에게 기쁨을 선물하는 직업. 하긴, 그렇게 생각하면 나쁠 것도 없었다.

"그럼요."

장태는 공감했다. 비웃음 따위는 한 올도 없었다.

"다시 현역 복귀를 꿈꾸고 있어요."

현역 복귀?

그건 좀 뜻밖의 말이었다.

"우리 쉐프는 역시 안 놀라네? 다들 그 말 듣고 뒤집어지던데……."

"할 수만 있다면 하면 좋지요. 직업은 마음을 튼튼하게 하니까."

"뭐 솔직히 나도 예전에 알고 지내던 매니저가 제의해 왔을 때는 못된 조크라고 생각했어요. 그런데 노령화가 심각해지면서 나 같은 퇴물에게 향수를 가지는 남자들이 있다네요. 큰돈은 안 되지만 하던 일이라 한번 해보려고요."

"라벨라는 잘할 거예요."

말을 하고 보니 기분이 조금 이상하기는 했다.

"그래서… 쉐프에게 부탁 하나 하려고 했는데……."

라벨라가 볼을 붉혔다.

"요리라면 말씀하세요. 제가 할 수 있는 건 뭐든지 해줄게요."

"정말이죠?"

그녀가 반색을 했다.

"그럼요. 라벨라는 내 누나 같은 분이거든요."

"아이, 그건 너무 황송하고… 그런데 실은 내가 먹을 요리가 아닌 데도 괜찮겠어요?"

"라벨라가 아니라고요?"

"그게 이야기가 좀 긴데, 스트립퍼가 혼자가 아니고 둘이어야 한대요. 그래서 과거에 활동하던 친구에게 연락이 닿았는데 이 친구는 이제 자신이 없다네요."

"……."

"나 혼자 생각에 쉐프의 용기식을 먹으면 그 주저가 사라질 것 같아서……."

"부르세요!"

장태가 흔쾌히 수락했다.

"와아, 정말이죠?"

"네, 다만 바쁜 시간만 피해주시면 됩니다."

"걱정 말아요. 그 친구도 빈둥빈둥 백수인데 새벽이면 어떻고 자정이면 어떻겠어요. 좀 먼 곳에 있는데 날 잡으라고 할게요."

"그런데… 혹시 요즘 새로 보이는 노숙자 중에 코리안 노인이 있나요?"

"코리안?"
"네……."
"코리안은 못 봤어요. 차이니스는 두 명 봤는데……."
"그렇군요."
"왜요? 문제가 있어요?"
"아뇨. 그냥……. 친구 스케줄 잡히면 저나 세준이에게 말씀해 주세요."
"고마워요, 쉐프!"
라벨라의 인사를 받으며 장태는 걸음을 돌렸다.
혹시나 싶어 물어봤던 장태. 궁하면 통한다지만 세상은 또 그렇게 만만한 곳이 아니었다.
초황으로 돌아오니 세준이 차를 준비하고 있었다. 손리도 보였다.
그 길로 수산시장을 향해 달렸다.
"형!"
운전하던 세준이 장태를 바라보았다.
"왜?"
"피시앤칩스 말이에요."
"그게 뭐?"
"실은 어제 단체 주문이 하나 들어왔어요."
"단체 주문?"
"저쪽 폭포 쪽 타운에 있는 고아원인데 아이들이 너무 원한다고 200개만 부탁한다고……."
세준이 출력한 종이를 내밀었다. 메일이었다. 자그마치 200통이었다. 원생들이 각자 글을 써서 홈페이지 메일로 보낸 것이다.

—손 쉐프의 피시앤칩스를 먹는 게 소원이에요.

—피시앤칩스를 먹게 해주세요.

내용은 대동소이했다. 한결같이 피시앤칩스를 먹게 해달라는…….

"애들 성의에 반해 형한테 상의도 안 하고… 제가 결국 수락의 메일을 보내고 말았어요."

"……."

"지금이라도 취소 메일을 보낼까요?"

"이 200명 모두에게?"

장태가 고개를 들었다.

"그거야 단체 메일로 보내면……."

"밟아라!"

"예?"

"빨리 가야 대구를 그만큼 더 확보할 거 아니야. 쇤리 너, 감자는 문제없지?"

"그럼요!"

뒷좌석의 쇤리가 목청을 높였다.

"고마워요, 형. 그리고 미안해요."

"아니, 내가 오히려 고맙다."

"예?"

"실은 양을 늘릴까 고민 중이었는데 네가 도화선을 당긴 거다. 새 반죽으로 팔아보고 그래도 반응이 폭발적이면 두 배로 늘리자."

"우와, 정말이죠?"

"그러니까 얼른 밟으라고!"

"알았어요. 까짓 폴리스, 딱지 끊으려면 끊으라죠. 내 일당에서 낼 겁니다."

세준이 가속기를 밟았다. 차는 먼 수산센터를 향해 미사일처럼 날아갔다.

노랑!

눈부신 노랑!

자연의 노랑을 그대로 옮겨온 듯한 원초적 노랑!

그 피시앤칩스는 초대박이었다. 그 선명한 빛에 홀린 사람들은 차마 입으로 깨물지도 못했다. 첫줄부터 그랬다. 피시앤칩스를 받아들자 사진 찍기에 바빴다.

"너무 예뻐서 못 먹겠어요."

여자 손님들은 대구튀김을 바라보며 진저리를 쳤다.

"제발 부탁입니다. 양 좀 늘여주세요."

완판된 판매대 앞에서 사람들이 하소연을 늘어놓았다.

"세준아!"

앞치마에 손을 닦은 장태가 세준을 불렀다. 신호를 받은 세준은 드론의 전자 현수막 글자를 수정해 놓았다.

〈초황 피시앤칩스 일일 판매량 2배로 결정!〉

〈당신의 입에 마법의 노랑을 선물합니다!〉

현수막 글자가 바뀌자 남은 사람들이 환호를 했다.

"와아아!"

덕분에 더 이상의 하소연과 불평은 들리지 않았다. 판매량이 두 배로 늘어났으니 내일부터는 기회도 두 배로 늘 것이기 때문이었다.

한바탕 광풍이 몰아치고 간 후에 양숙자 할머니에게 전화를 걸었다.

—손 쉐프?

이번에는 할머니가 전화를 받았다. 장태는 평양냉면에 대해 물었다.

—글세, 여기 LA에서 정통 평양냉면이라……. 내가 온 초기에는 두어 군데 보긴 했는데…….

지금은 없어.

할머니의 대답이었다. 그 원인은 미국의 엄격한 위생검사에 있었다. LA에 존재하던 평양냉면집. 그중에 동치미 국물로 육수를 낸 집이 있었단다. 하지만 냉면 육수에서 허용치 이상의 대장균이 발견되면서 된서리를 맞았다. 이후로 김치국물 육수는 자취를 감추고 고기 육수가 득세를 했다. 이민 2세대들의 입맛이 고기를 선호하는 것도 이유가 되었다.

"고맙습니다."

인사를 하고 전화를 끊었다. 이번에는 한인회 부회장에게 전화를 돌렸다.

—어, 손 쉐프!

그도 바로 전화를 받았다.

"알아보셨나 해서요."

—알아보고 있네. LA뿐만 아니라 다른 한인회에도 선을 대놨

으니 어디서든 연락이 올 거야.

"알겠습니다."

―어, 잠깐, 지금 온 모양인데?

부회장의 목소리 사이에 전화벨이 끼어들었다. 그가 전화를 받는 소리도 고스란히 들려왔다.

"손 쉐프!"

통화를 끝낸 부회장의 목소리가 높아졌다.

―찾았네. 식품 마트에서 한국음식 판매하는 교포인데 자기들 먹을 김치는 따로 담근다는군. 그 솜씨 또한 일품이고.

"그래요?"

―내가 지금 조금 얻어가지고 갈 테니까 기다리라고.

부회장의 전화는 바로 끊겼다.

"형, 이거 고아원 애들이 보내는 인사에요."

고아원에 200개 배달을 갔던 세준이 돌아와 PDA 화면을 열어 보였다. 아이들이 피시앤칩스를 들고 환호하는 모습이었다. 감격스러운 장면이었지만 눈에 잘 들어오지 않았다. 현재의 장태 머릿속에는 오직 김치뿐이었다.

끼이익!

오래지 않아 차 한 대가 주차장에 급정거를 해왔다. 한인회 부회장 이태구의 차였다.

"손 쉐프!"

차에서 내린 그가 아이스박스를 내놓았다. 그걸 열자 세 가지 김치가 나왔다. 동치미와 물김치, 그리고 맛깔스러운 배추김치였다.

"……!"

장태는 눈을 의심했다. 그건 한국에서 본 정통 김치와 거의 같았다. 선홍빛 고춧가루와 아삭한 질감이 엿보이는 배추……. 그리고 살얼음까지 살짝 낀 동치미는 쳐다보는 것만으로도 목젖을 자극하고 있었다.

"LA에서, 아니, 미국 땅을 통틀어서 이 이상의 김치는 없을 걸세."

부회장이 잘라 말했다.

"맛 좀 봐도 될까요?"

장태가 물었다.

"물론이지."

부회장의 말이 떨어지는 것과 동시에 장태의 손이 움직였다. 한입, 입안으로 들어온 동치미 국물이 시원한 산미를 발산했다. 짜릿하면서도 개운한 맛. 한국에서 먹어본 최상급 김치에 버금가는 맛이었다.

'물김치는…….'

그것도 좋았다. 배가 들어갔는지 시원하면서도 달달한 끝맛이 일품이었다.

"이거… 제가 써도 될까요?"

장태가 고개를 들었다.

하지만!

부회장은 대답하지 않았다.

"부회장님!"

"마음에는 드시나?"

"예……."

"그럼 다행이군."

부회장은 주섬주섬 아이스박스를 닫았다.

"부회장님……."

"이 김치는 손 쉐프 게 맞아. 하지만 내 부탁 먼저 들어줘야지."

"요리 말입니까? 그건 걱정 마시고……."

"아니, 그게 좀 쉽지 않은 일이라서 말이지."

"쉽지 않다고요?"

"손 쉐프 혹시 선녀와 나무꾼 이야기 아시나?"

"그렇습니다만……."

"야박하다 생각지 말고 그걸 생각해 주시게. 나무꾼은 선녀에게 옷을 넘겨주면 하늘로 가버릴까 싶은 조바심에 옷을 볼모로 숨겼지 않나?"

"……?"

"손 쉐프가 내 부탁 먼저 들어주면 김치를 내드리겠네."

부회장 이태구의 시선은 사뭇 엄숙하게 변해 있었다.

* * *

"손 쉐프."

테라스로 자리를 옮긴 후에 이태구가 다시 입을 열었다.

"야속타 생각 말고 좀 들어주시면 고맙겠네."

"……."

"혹시 삼각위원회라는 말 들어봤나?"

삼각위원회!

미국의 상류층과 떼어 생각할 수 없는 유명한 모임이다.

"스쳐 가는 말로는 들어봤습니다."

"삼각위원회는 세계 정치를 좌우하는 모임이라네. 예전보다는 힘이 빠지긴 했지만……."

"……."

장태는 시선을 가다듬었다. 한인회 부회장 이태구. 그가 왜 정치 이야기를 꺼내는 걸까?

"경제 쪽은 빌더버그 클럽이라는 게 있지. 우리 회장님께서 이번에 빌더버그 멤버의 추천을 받아 삼각위원회 쪽에 진출하려고 하고 있다네."

"……."

"느닷없이 정치 경제 이야기를 꺼내서 미안하네. 나도 실은 정치 혐오자이지만 우리는 정치에서 완전히 자유로울 수가 없다네."

"……."

"한인회… 손 쉐프는 그 애환을 잘 모르겠지만 우리의 권익은 아직도 요원하네. 그러나 그 권익은 우리가 주장하지 않으면 아무도 챙겨주지 않아."

"한국 정부가 있지 않습니까?"

"한국 정부?"

부회장의 얼굴에 쓴 미소가 스쳐 갔다.

"속된 말로 Fuck이라네. 한국 정부는 그럴 생각도 없고 여력도 없어. 그저 대통령이 순방할 때 한 번 들러주면 도리 다했다고 생각하는 정도지."

"……."

"아무튼 우리 회장님이 삼각위원회에 발을 디디게 된다면 하원의원 출마가 가능해질지도 모르네. 해서 상당한 공을 들이고 있었는데 문제가 생겼어."

문제?

"회장님을 지지하던 사람이 바로 세계 최고의 글로벌 기업인 프라임 일렉스틱의 윌슨 회장님인데, 이 양반은 아시겠지?"

"물론이죠. 그분이라면 세계적인 기업가 아닙니까?"

"뉴스도 봤겠군?"

"뉴스라고요?"

"얼마 전에 쓰러져 병원으로 옮겨졌다는 뉴스가 나오지 않았나? 미국 기업계뿐만 아니라 세계 경제계를 발칵 뒤집은 보도였네만……."

"죄송합니다. 요즘은 제가 워낙 바빠서……."

"하긴 그럴 수도 있지."

이태구는 물 한 모금을 넘기고 이야기를 이어갔다.

"그 양반, 지금 거의 식물인간에 가깝다네."

'식물인간?'

장태가 고개를 들었다. 이제야 부회장의 의도가 가닥이 잡힌 것이다. 그리고 부회장은 장태의 생각을 확인이라도 시켜주려는 듯 비슷한 맥락의 말을 쏟아놓았다.

"그쪽에서는 쉬쉬하지만 아는 사람은 다 알지. 다시는 공개석

상에 나오지 못할 것도.”

“…….”

“문제는 그쪽이 준비하던 초대형 프로젝트인데…….”

“…….”

“프라임은 급변하는 세계 경제 위기를 극복하기 위해 천문학적인 투자와 함께 기업 체질을 바꾸기 위해 일대 혁신을 준비 중이었다네. 어쩌면 윌슨 회장님도 그 과로 때문에 쓰러진 것일 수도 있고.”

장태는 이태구의 말에 계속 귀를 기울였다.

“우리 회장님에게도, 프라임과 세계 경제계에도 아주 중대한 일이라네. 소식통에 의하면 윌슨 회장님은 지금 실어증에 육신마저 식물인간에 가깝다더군. 간신히 손을 들거나 입이나 옴짝거리고……. 눈을 꿈뻑이는 정도라고 들었네. 아마 틀림없을 걸세.”

“부회장님…….”

“어젯밤, 손 쉐프가 전화를 했을 때 나는 우리 한인회 회장님을 만나고 있었다네. 모처럼 공들여 형성한 인맥인 윌슨 회장님……. 한인회에 비추던 서광이 암흑으로 변하고 있지 않은가?”

“…….”

“그런데 우리 회장님, 손 쉐프에 대한 자료를 찾아보더니 반대로 이야기하더군. 어쩌면 손 쉐프가 우리 모두의 희망이 될 수도 있다고.”

“…….”

“내 의도를 아시겠지?”

"그러니까 저보고?"
"손 셰프!"
부회장이 장태의 손을 덥석 움켜쥐었다.
"어떤가? 어차피 밑져야 본전 아니신가?"
"부회장님……."
"세계적인 심장병 전문의들도 손을 놓았다고 들었네. 다들 쉬쉬하고 있지만 지금 윌슨 가에서 기다리는 건 윌슨 회장의 죽음뿐이라네."
"……."
"손 셰프라면… 윌슨 가에서도 수락을 할지도 모르네. 그들은 지푸라기라도 잡아야 할 심정이야. 양숙자 어르신도 그랬고 햄버거 살인마에게도 요리의 마법을 부리지 않았나? 그러니……."
"부회장님……."
"김치를 볼모로 건 건 애절함의 표현이었다네. 그건 당장 써도 상관없네. 마법에 가까운 요리 실력을 그따위 옵션으로 좌우할 수 없다는 것쯤은 나도 아니까."
"……."
"잘하면 초대박이라네. 프라임 사에서 엄청난 규모의 해외투자를 결정할 텐데 그게 한국이 될 수도 있네. 당장은 그것보다 사람을 살리는 일이고 나아가 우리 한인회를 돕는 일이 아닌가? 또 셰프에게도 엄청난 기회가 될 수 있고."
"부회장님……."
"프라임의 수장이라면 세계적인 지도자들과도 기탄없이 만나는 사이라네. 그렇다면 정상들의 만찬장 셰프가 될 수 있는 기회도 딸 수 있을 것 아닌가?"

"너무 질러가시는 거 아닙니까?"

"아네. 하지만 부탁하네. 회장님이 함께 오신다는 걸 내가 선발대로 먼저 왔다네. 그러니……."

이태구의 눈에는 애절함이 가득했다. 애절함보다도 그가 '옵션'을 거뒀다는 게 치명타였다. 발딱 고개를 들던 반감이 사라진 것이다.

윌슨.

프라임 일렉트릭…….

장태의 허공에 여러 단어들이 부유(浮游)하기 시작했다. 그사이에 한인회 회장의 차가 도착했다. 그 역시 장태에게 공손하게 부탁을 해왔다.

장태는 가만히 일어나 테라스를 내려왔다. 두 사람의 시선이 장태의 발걸음을 따라왔다. 이태구의 차를 향해 걸어간 장태는 보닛 위에 올려진 김치 아이스박스를 보았다. 뚜껑을 열었다. 냄새가 났다. 한국 냄새였다.

가만히 돌아보았다. 테라스에 있는 두 사람. 한국인이었다.

미국의 소수민족들.

장태도 모르는 일이 아니었다. 백인이 아닌 사람들이 미국에서 자리를 잡는 게 얼마나 힘들 것인지. 더구나 저 둘뿐만이 아니라 한 절대적 기업인의 운명이 달린 일이었다.

흐음…….

박스를 열고 김치통을 열어 냄새를 맡았다. 시큼털털한 김치 냄새.

미국에서 태어난 장태. 버터 맛으로 일상식을 시작했음에도 유전자는 김치 냄새를 멀리하지 않았다.

"독한 피클 냄새가 나요!"

"토할 거 같아요!"

맨 처음 김치를 접했을 때 다른 어린 미국 친구들이 거의 다 그렇게 말할 때,

"또 먹고 싶어요."

…라고 말했던 장태였었다.

그래.

나는 한국인이지.

스스로의 정체성을 확인하고 아이스박스를 닫은 장태, 부회장을 바라보며 천천히 입을 열었다.

"윌슨 회장님은 어디에 있나요?"

세상사라는 말이 있다.

지구 위에서 살아가는 수십억의 인류들. 참으로 다양다종하다. 그런데 상당수의 관심사는 유사성이 있었다. 더구나 윌슨 같은 사람은 더욱더.

장태가 그걸 확인한 건 월요일의 테이블 로버트 회장을 통해서였다. 신진 기업가 둘을 동반하고 온 그가 윌슨 이야기를 꺼낸 것이다.

오늘 장태가 준비한 요리는 모처럼의 달팽이 요리 에스카르고와 감식초에 절인 방어, 그리고 쉬프렘 소스를 곁들인 뿔닭이었다. 물론 절인 방어 접시에 들깨와 고추 부각을 잊지 않았다.

"달팽이가 참 신선하군."

로버트는 첫 요리부터 마음에 들어 했다. 그를 위해 연한 달팽이를 고른 장태. 로버트도 그걸 눈치챈 모양이었다.

"방어는 참치 못지않군. 담백하게 씹히는 맛이 그만이야. 한 점 먹은 후에 씹는 이 고추 부각의 맛도 일품이고. 잔 맛을 깔끔하게 씻어내지 않는가?"

로버트의 손님들은 그 말에 이의를 달지 않았다.

"괜찮으시면 이 요리의 품평을 좀 부탁드립니다."

장태가 내민 건 랍스터 요리였다. 소량의 버터를 뿌려 구워낸 랍스터에는 약간의 장식과 함께 세 가지 소스가 딸려 나왔다.

"흐음……."

세 손님은 새로운 맛에 빠져 헤어나지 못했다. 매콤한 고추장 소스와, 깊고 풍후한 느낌의 된장 소스, 나아가 뒷맛이 산뜻한 간장 소스가 주인공이었다.

"이건 처음 맛보는 소스인데요?"

사업가 하나가 된장 소스를 가리켰다.

"제가 개발한 소스입니다. 코리안 타입인데 입맛에 맞으시면 우리 레스토랑에 주메뉴로 정착시킬까 하고요."

"나는 대찬성이네. 서로 다른 세 가지 맛이 조화를 부리니 랍스터를 한 트럭이라도 먹을 것 같아서 말일세. 다음에는 그걸 부탁하네."

로버트가 말했다.

"혹시 보완점이라도?"

장태가 물었다.

“글쎄. 새로운 맛에 취하다 보니 단점 같은 건……. 다만 된장 소스는 칼라가 좀 스산하군.”

로버트가 두 사업가를 돌아보았다. 두 사업가는 동의를 표하는 듯 어깨를 으쓱해 보였다.

“허어, 역시 삶이란 행복한 거야. 자네들 윌슨 회장 소식 들었나?”

그때, 로버트 회장의 입에서 윌슨이 튀어나왔다.

“심장병 때문에 병원 가료를 한다면서요?”

로버트 앞 쪽의 사업가가 대답했다.

“뭐 대외적으로는 그렇게 발표가 났지. 하지만 내 눈은 못 속이네.”

“그럼 우리가 모르는 문제라도?”

이번에는 로버트 옆의 사업가가 물었다. 그는 흰색의 스마트 워치를 차고 있었다.

“나도 그 비슷하게 시들어가던 입장이 아닌가? 그때 우리 가족들도 그렇게 발표를 했었지? 건강이 좋지 않아 가료 중이지만 별다른 문제는 없다고…….”

이야기를 듣던 장태가 혼자 조용하게 웃었다. 휠체어를 타고 있던 로버트가 떠오른 것이다. 그때, 로버트는 확실히 좋지 않았다.

“아마 그 양반 거의 죽어가고 있을 거야. 이렇게 맛난 산해진미가 있는 줄도 모르고 말이야.”

로버트는 한쪽 남은 랍스터를 들어보였다. 빨간 껍질 안에서 얼비친 살이 하얗게 반짝거렸다.

"그럼 저기 손 쉐프께서 출동하시면?"

흰색 시계가 장태를 바라보았다. 로버트와의 일화를 이미 들은 모양이었다.

"혹시 연락이 오지 않았나?"

로버트의 시선도 장태에게 옮겨왔다. 장태는 뭐라고 말하기도 어려워 가만히 웃어넘겼다.

잠시 후에 두 사업가가 돌아갔다. 남은 건 이제 로버트 혼자였다.

"받으시게."

로버트가 내민 건 1,000불이었다.

"요리 값으로 너무 많습니다. 절반만 받겠습니다."

"그럼 나중에 추가해 준 랍스터는 게워내란 말인가?"

"회장님……."

"그것도 아니라면 팁으로 치시게나."

"정 그러시다면……."

"그런데 아까 한 말 말일세……."

"무슨……."

"윌슨 회장 말이야. 정말 손 쉐프에게 연락이 오지 않았나?"

"……."

"그 양반……. 하긴 나라도 믿을 수가 없지. 첨단 병원까지 소유하고 있는 차에 그 의사들조차 손을 못 쓴다면 요리사에게 목숨을 맡기기란 쉽지 않겠지."

"혹시 그분을 아십니까?"

장태가 물었다.

"알다마다. 나하고 골프도 여러 번 쳤었다네. 그러다 그가 무슨 빌더버그인가 뭔가에 빠지고 나는 건강이 악화되는 통에 조금 멀어졌네만……."

"회장님!"

"응?"

"실은 그쪽에 선이 닿았습니다."

"……?"

느슨하던 로버트의 시선이 그 한마디에 팽팽하게 당겨졌다.

"자네를 초빙했단 말인가?"

"초빙은 왔는데……. 윌슨 회장님 가족이 아니라 지인을 통해서입니다."

"천운이군!"

흥분한 로버트가 의자를 박차고 일어섰다.

"회장님!"

"내가 상관할 일이 아니라서 나서지 않았지만 선이 닿았다면 도와주시게. 윌슨은 아직 할 일이 많은 사람이야."

"제의만 받았지 자신이 있는 건 아닙니다."

이런 일은 늘…….

장태는 목구멍에 맴도는 몇 마디를 목구멍으로 밀어 넣었다.

"물론 장담이야 할 수 없겠지. 손 쉐프가 신은 아니지 않나?"

"……."

"하지만 손 쉐프가 아니라면 누구도 할 수 없을 걸세. 그 집안 돌아가는 꼴이 우리 집안하고 아주 비슷하거든. 다른 거라면 나처럼 자식들이 불화인 건 아니라는 것. 하지만 불화라도 상관없지. 나도 손 쉐프 덕분에 두 아들 우애가 좋아졌으니."

"회장님!"

"기왕 선이 닿았다면 부탁하네. 나도 지원을 해드리지. 그래서 말이야, 그래서 그 늙은이 하고 이 월요일의 테이블에서 나란히 식사할 수 있다면 얼마나 그림이 좋겠는가? 아주 환상이겠지?"

"진심이시군요?"

"암, 그 친구 따지고 보면 우리 론도의 잠재적 적일 수도 있지만 동시에 훌륭한 기업가이기도 하니까. 그런 친구는 한 200살까지 살려놔야 하지 않을까?"

"그러시다면 최선을 다해 보겠습니다."

"부탁하네. 이 자리에 윌슨과 함께 올 수 있도록. 그 친구라면 나처럼 쪼잔하게 1,000 달러 정도 내밀지는 않을 거야."

"회장님도 무슨 그런 말씀을……."

"손 쉐프와 윌슨을 위해 기도하겠네."

로버트는 그 말을 끝으로 차에 올랐다. 그를 모신 기사가 시동을 걸었다. 차가 멀어지자 장태가 전화기를 집어 들었다. 로버트의 만찬이 끝나는 시간, 그때 부회장 이태구에게 연락을 하기로 했던 것이다.

푸타타타!

얼마 후, LA 상공에 헬기가 날아올랐다. 장태는 그 안에 있었다. 헬기에 탑승한 것이다. 헬기는 프라임 기업의 전용기 중의 하나. 한인회 회장의 제의를 받은 윌슨 가에서 보내준 비행기였다.

인근의 자회사에서 날아오른 헬기는 빌딩숲을 가로질러 산으로 향했다.

헬기…….

그건 뜻밖의 일이었다. 장태를 태운 한인회장의 차량이 프라임의 자회사로 접어들 때만 해도 헬기를 내주리라고는 상상하지 못한 일이었다.

투타타!

프로펠러의 소리가 따갑게 귀를 때렸다. 장태는 몇 가지 준비물을 만지작거렸다. 장태에게는 의사의 청진기에 해당하는 준비물이었다.

'과연…….'

윌슨 가는 수준부터 달랐다. 세계 경제의 한 축을 담당하는 글로벌 기업 프라임. 그 총수 윌슨에게 가는 길……. 헬기는 시내를 벗어나 작은 산줄기로 향했다. 부드럽게 선회한 헬기는 붉은 지붕을 가진 별장을 향해 하강했다. 오래 걸리지는 않았다.

"곧 착륙합니다."

기장의 말과 함께 붉은 지붕이 가깝게 다가왔다. 한 편의 초록 그림 같은 정원에 사람들이 보였다. 헬기는 별장 옆에 자리한 착륙 표시 위에 부드럽게 내려앉았다.

"내릴까요? 쉐프!"

한인회장 석홍우가 말했다. 그는 이미 와본 적이 있는 눈치였다.

헬기의 바람이 멈추자 장태는 겨우 고개를 들었다.

"……!"

첫눈에 들어온 건 대문 앞에 포진한 경호원들이었다. 낮은 담을 끼고 이어지는 정원에도 있었다. 당장 눈에 들어오는 사람만

해도 다섯 명. 괜한 긴장감이 혈관을 타고 올라왔다.
끼이이!
경호원들이 문을 열자 네 사람이 먼저 걸어 나왔다. 척 봐도 귀티가 몸에 배인 사람들. 그 넷은 윌슨의 아들딸들이었다. 마지막으로, 윌슨의 부인이 여자 경호원을 따라 합세했다.
"미스터 석!"
맨 앞의 남자가 부회장을 맞이했다.
"이 사람이 바로 손 쉐프입니다!"
석홍우가 장태를 소개했다.
"반갑습니다. 빌입니다."
대표로 장태를 맞은 건 장남 빌이었다. 옆의 차남은 맥, 두 여동생은 로리와 베라였다. 부인에게 인사를 한 장태는 그들을 따라 정원의 테이블에 앉았다.
"쉐프 손의 능력은 잘 들었습니다."
이야기의 시작 역시 장남 빌의 몫이었다.
"사실… 쉐프 손이 오기 전에 가족끼리 회의를 했었습니다. 우리에겐 아주 중요한 일이니까요."
"……."
장태는 대답 없이 빌을 주목했다. 중요하다는 것, 충분히 공감이 가는 일이었다.
"격론 끝에 결론은 불가로 났었습니다. 일면식도 없는 사람, 의사도 아닌 까닭에 아버님을 맡긴다는 건 어려운 선택이었지요."
불가?
"빌……."

당황한 석홍우가 고개를 들었다.

"아아, 잠깐만요. 하지만 우리의 결론은 방금 전에 다시 바뀌게 되었습니다. 그사이에 외부 인사 한 분이 찾아오셨거든요."

'외부 인사?'

장태는 계속 빌을 주목했다.

"그분이 저기 계십니다. 한번 보시겠습니까?"

빌의 시선이 커다란 정원석 옆으로 돌아갔다. 그러자 정원석 뒤에서 두 남자가 걸어 나왔다.

"……!"

둘을 확인한 장태의 시선이 망부석이라도 된 듯 멈춰 버렸다.

두 사람…….

피터와 로버트였다.

8장

심혈관에 길을 내라

“쉐프 손…….”

로버트가 다가왔다.

“회장님…….”

“내가 좀 빨랐군. 아까 그 길로 바로 직행했거든.”

“…….”

“와 보니 오길 잘 했지 않은가? 하마터면 쉐프 같은 사람을 돌려보낼 뻔했으니…….”

“회장님.”

“저분들 마음은 이해하겠지?”

“그럼요.”

장태가 웃었다. 의사도 아닌 요리사. 그것도 처음 보는 요리사에게 치료를 맡기긴 쉽지 않은 일이다. 아버지의 건강 상태를 감추고 있는 자식들이라면 더욱 그럴 일이었다.

"기분 안 나쁘지?"

"당연하죠."

장태의 목소리는 여전히 기꺼웠다.

"쉐프 손!"

빌 옆에서 맥이 장태를 불렀다.

"가보시게."

눈치 빠른 로버트는 이내 자리를 비켜주었다.

"아버님을 부탁하기 전에 먼저 절차를 밟아야겠습니다."

맥이 장태를 바라보았다.

"절차라면?"

"집사님!"

맥이 손을 들자 초로의 흑인이 다가왔다. 그는 서류를 내밀었다.

"서명해 주시오. 여기서 일어난 일은 일체의 비밀에 붙인다고."

"……?"

"당신뿐만 아니라 누구에게도 공통되는 일입니다."

"……."

"성공하면 사례금은 100만 불을 드리겠소."

'백만 불?'

금액에 놀란 장태, 자신도 모르게 미간을 찡그렸다. 아직 윌슨을 보기도 전. 돈을 말할 계제가 아니었다.

"돈이 적다면 500만 불, 그러니 당신에게도 그만한 의무가 따르오."

"저는……."

"사인부터 하시오."

맥이 재촉했다.

"사인을 해야 회장님을 볼 수 있다는 말인가요?"

"그렇소."

"절차가 뒤바뀌었군요. 일단은 사람을 보고 나서 진행되어야 할 일입니다."

"사인을 하면 진행될 거요. 그때까지 금액란은 비워놓겠소."

"돈 때문이 아닙니다."

"무엇 때문이든 마찬가지라오."

맥은 단호했다. 썩 마음에 들지는 않았지만 헬기까지 타고 온 장태. 어쨌든 윌슨을 직접 봐야 할 일이기에 서명을 했다.

"알고 있는지 모르지만 우리 아버님은 심장병을 가지고 있었소. 과거 두 번의 수술로 위기를 벗어났지만 크고 작은 심혈관들이 엉키고 막혀서 더는 수술을 기대하기 어렵다오. 덕분에 쉐프가 여기까지 오신 거고……."

서류를 집사에게 넘긴 맥이 설명을 이어갔다. 빌은 신중한 표정으로 경청만 하고 있었다.

"솔직히 말해 우리 의료진들의 말로는 아버님이 회복될 가능성은 없다고 했소. 말을 할 확률도……. 다만 그들이 최선을 다하면 당분간 연명은 가능하다고 합니다만, 우린… 아버님이 몇 마디라도 해주시기를 바란다오."

거물의 존재감.

가족들이 원하는 건 론도 케미칼의 경우와 다르지 않았다.

“이제 회장님을 뵙게 해주시죠.”

“쉐인, 안내해 드려요.”

맥이 집사를 돌아보았다. 그러자 집사가 안쪽을 가리켰다. 이중 삼중의 안전장치가 풀리는 순간이었다.

윌슨에게 이르는 세 개의 문은 모두 자동문이었다. 마지막 문 앞에는 의료진이 있었다. 간호사와 의사, 모두 엘리트 느낌으로 가득한 사람들이었다.

“핸드폰을 맡겨주시죠.”

마지막 문 앞에서 집사가 손을 내밀었다.

핸드폰 금지.

장태는 전화기를 넘겨주었다.

이어 금속탐지기가 장태의 몸을 쓸어내렸다.

허얼!

보안은 질리도록 철저했다.

스릉!

마지막 문은 더욱 고요하게 열렸다. 깊고 깊은 밀실의 공간이 장태 앞에 서서히 모습을 드러내기 시작했다.

“보시지요.”

집사는 그 말을 남기고 물러섰다. 장태의 뒤에는 가족들이 일제히 도열해 있었다. 시선을 들자 안쪽의 풍경이 조금씩 장태 눈에 들어왔다.

“……!”

윌슨은 첨단 의료기기가 설치된 침대에 있었다. 세준이 보여준 검색 사진과는 판이하게 달랐다. 살은 퉁퉁 불은 것 같았고 얼굴에는 생기 비슷한 것도 없었다. 파리한 입술과 창백한 이마, 저승사자의 집행을 겨우 막아놓은 듯한 몰골은 사체와도 같았다.

톡톡!

그 와중에도 몇 가지 용액들이 쉴 새 없이 그의 몸으로 들어가고 있었다. 과학과 의학의 힘을 빌린 연명 장치였다.

장태의 시선은 천천히 윌슨에게 닿았다. 두 눈은 뜬 채였다. 초점 없이 열린 두 눈이 장태를 맞이했다. 장태는 윌슨을 향해 고요히 고개를 숙였다.

"……!"

윌슨은 반응하지 않았다.

"손장태 쉐프입니다!"

장태가 입을 열었다.

"아버님은 말을 하지 못하십니다."

바로 뒤편에 선 빌의 목소리가 상황을 확인시켜 주었다.

톡!

톡!

그 소리를 따라 링거액이 방울지는 소리가 들렸다.

"그럼 부탁합니다!"

빌이 말했다. 가족들은 빌의 뒤에 모여 장태를 주목하고 있었다. 장태는 한 발 더 윌슨 앞으로 다가섰다.

식욕과 식성의 오방색…….

장태의 눈은 매처럼 날카롭게 윌슨의 몸을 쓰다듬고 있었다.

청색〉백색〉흑색…….

거기까지 읽어가다 시선을 거두었다.

심장!

그것을 의미하는 적색은 거의 감지되지 않았다. 황색도 크게 다르지 않았다. 식품 선호도는 시도조차 하지 않았다. 눈은 뜨고 있지만 육신은 저승의 문턱에 발을 올린 상황. 그렇다면 육류니 곡류니 하며 줄을 세우는 건 의미가 없어 보였다.

"저는 쉐프입니다. 지금 뭐가 먹고 싶나요?"

장태가 물었다. 대답을 기대하는 건 아니었다. 하지만 귀가 열렸다면 어떻게든 반응할 일. 장태는 그걸 노리고 있었다.

반응은 나오지 않았다.

장태는 품에서 몇 가지 스파이스를 꺼내 들었다. 미각을 자극하는 다섯 가지 재료들. 윌슨의 눈앞에서 새콤한 레몬을 자르고, 소금을 뭉개고, 매운 스파이스와 달콤한 초콜릿 타르트도 잘라보였다.

"……."

그래도 윌슨은 미동하지 않았다. 별수 없이 선호 식품을 읽어냈다. 극약 처방을 하기 위한 방편이었다.

소고기〉피자, 햄버거〉버터와 탄산음료…….

조금 뜻밖이었다. 세계적 부호인 윌슨. 그러나 그가 좋아하는 식품은 아이들과 닮아 있었다.

"주방이 어디죠?"

장태가 돌아보았다. 막내딸 베라가 손짓을 했다. 주방을 확인한 장태는 그곳으로 걸어가 냉장고 문을 열었다. 질 좋은 와규가 보였다. 언제고 윌슨이 찾으면 요리를 해줄 생각인 모양이었다.

버터도 최고급이 풍성했다. 당장 불을 당기고 그릴을 손보았다.

그런 다음 소금과 후추, 와인을 뿌린 고기를 그릴 위에 올렸다. 버터까지 끼얹으며 구우니 주방은 고기 냄새로 진동했다. 그렇게 구운 고기의 육즙을 짜낸 장태는 다시 윌슨에게 돌아와 구운 고기를 흔들며 육즙을 혀에 떨구어 주었다.

"이 냄새… 생각나시지요?"

"쉐프 양반!"

인내심이 바닥난 맥이 까칠한 갈기를 세웠다. 장태는 말없이 돌아보았다.

"지금 이게 당신의 전부는 아니겠지?"

존대어가 사라진 목소리에서는 싸늘한 냉기가 느껴졌다. 장태는 조용하게 응수했다.

"거의 전부입니다만……."

"……!"

맥의 눈에 두 줄의 핏발이 곤두서는 게 보였다.

"형!"

뭔가 불쾌감을 느낀 맥이 빌의 옷깃을 잡아끌 때였다. 장태는 느꼈다. 윌슨의 혀가 미세하게 맛을 감지하는 걸.

하르르…….

다시 확인한 윌슨의 오방색. 희미하지만 조금씩 꿈틀거리는 게 느껴졌다. 흔적도 거의 없던 적색이 다른 색 사이에서 희미하게 출렁거린다. 윌슨의 심장이 보내는 SOS였다.

—내 몸에는 적색 기운이 필요해.

—나를 살려주겠나?

장태는 그 신호를 엄숙하게 읽고 머리에 저장했다. 다른 오방색과의 차이와 기세. 그 하나하나를 미세하고 또 미세하게.

"다시 주방에 좀 다녀오겠습니다."

재확인까지 끝낸 장태가 빌에게 물었다. 그러나 그 발언은 맥의 딴죽에 의해 막혀 버렸다.

"요리를 하겠다는 게 아니고?"

큰딸 로리와 함께 길을 막아선 그가 물었다.

"재료를 보고서야 대답할 수 있습니다."

"재료는 이미 보지 않았나요?"

큰딸이 가세했다. 둘은 완강해 보였다. 뭔가 설득력 있는 말을 해주지 않으면 길을 내주지 않을 태세였다.

"일부만 봤을 뿐입니다. 그리고 요리는 의학과 달라서 하나하나 설명하기 어렵습니다. 맛이란 추상적일 수도 있으니까요. 더구나 이런 경우에는……."

"500만 불이 적다는 건 아니겠지?"

"돈 때문이 아닙니다."

"다들 그렇게 말하지만 결국은 돈이지. 안 그런가?"

점점 더 각이 날카로워지는 맥.

"돈은 중요하지 않습니다. 그리고 저를 믿지 않는다면 제가 여기 있을 필요는 없습니다. 사실 믿는다고 해도 내가 제의해서 온 것도 아니니까요."

"그러니까 우리 말은 당신이 말 못 하는 아버님과 무슨 교감을 주고받았냐는 거야! 당신이 진짜 전문가라면 우리를 이해시켜야 하지 않겠나? 당신은 밑져야 본전이지만 우리는 아버님의 목숨을 건 일이거든."

돌아보니 다른 가족들도 침묵하고 있었다. 그건 암묵적인 동의로 보였다. 장태는 별수 없이 윌슨 앞으로 돌아갔다.

"이리 오시지요."

장태는 생수를 부탁한 다음에 맥을 가까이 불렀다.

"잘 보세요!"

장태는 생수에 설탕을 소량 타서 윌슨의 입술에 흘려 넣었다. 아무런 반응도 일어나지 않았다. 다음으로 소금이 들어갔다. 레몬즙도 그렇게 들어갔다.

"뭘 하는 건가?"

"회장님이 맛에 반응을 할 겁니다."

"반응?"

맥이 장태를 쏘아보았다. 여차하면 주먹이라도 날아올 듯 구겨진 얼굴이었다. 그렇거나 말거나 장태는 묵묵하게 다음 과정을 준비했다. 이번에는 붉게 익은 토마토즙이었다.

톡!

"이봐, 쉐프!"

맥의 눈자위가 조금 더 구겨졌다. 흥분한 그는 그걸 지켜볼 생각이 없어 보였다. 장태의 손에는 포도알이 있었다. 그 즙을 떨구고 붉은 고추의 매운 즙도 준비했다.

"이제 잘 보시면……."

딱 한 방울이 떨어지기 무섭게 맥이 장태의 손을 후려쳤다.

"집어치워!"

"……!"

"형, 더는 못 보겠어. 로버트 회장님이 뭐라든 이자는 신뢰가 안 가. 하는 짓이 삼류 샤먼만도 못하잖아? 그냥 돌려보내자고."

맥의 목소리가 높아졌다.

"공감!"

로리도 손을 들었다.

"잘됐군요. 나 역시 신뢰가 없는 상태에서 이 일을 할 생각은 없습니다. 당신들이 보다시피 절대 쉽지 않은 일이거든요."

장태도 맞섰다. 비굴할 생각은 절대 없었다. 500만 불은 거액이지만 돈이 궁한 판도 아니었다.

"쉐프!"

감정 충돌이 깊어지자 빌이 다가왔다.

"무슨 증명을 하려는 건지 모르지만 자세하게 설명을 해줘야……."

그래도 빌은 신중한 편이었다.

"지금 설명하고 있는 중입니다. 자세히 보면 아실 겁니다. 회장님이 방금 전의 적색 식품의 맛에 반응하고 있다는 거."

"반응이라고요?"

"예!"

"반응은 무슨 반응? 이자는 사기꾼이야. 로버트 회장이 감쪽같이 속은 거라고."

흥분한 맥이 장태의 목덜미를 잡아 들었다. 윌슨의 부인이 나선 게 그때였다.

"잠깐만!"

윌슨 곁으로 다가온 부인이 장태를 바라보았다.

“그거 다시 해보세요.”

요청을 받은 장태, 처음부터 다시 시작했다. 그러자 꿈틀, 윌슨의 입술에서 부분 강직 같은 움직임이 일었다.

“세상에나!”

눈이 빠져라 윌슨을 바라보던 부인이 탄식을 쏟아냈다.

“어머니!”

맥이 소리쳤다.

“쉐프 말이 맞아……. 아주 미세하지만 이 양반 반응하고 있어. 쉐프가 흘린 즙에 혀와 입술이 움직였어.”

“……!”

“다시 한 번 부탁해도 될까요? 쉐프.”

부인의 목소리는 방금 전보다 사뭇 정중하게 변해 있었다. 장태는 다섯 가족의 눈동자가 쏠린 가운데 붉은 식재료들의 즙을 흘려 넣었다. 증거는 눈매에서도 확인되었다. 혀가 움직이자 눈매까지 실날처럼 흔들린 것이다. 다른 식품에는 도무지 반응하지 않던 윌슨이었다.

“주방으로 가요.”

부인은 길잡이를 자처했다. 장태는 그 뒤를 따라 걸었다. 매섭던 맥과 로리의 시선은 그새 한 풀 꺾여 있었다.

여유를 가지고 돌아본 별장의 주방은 멋졌다. 황금 장식을 두른 오븐도 있었고 요리 도구를 늘어놓은 미장 플라스 또한 정돈이 잘된 상태였다.

“그 문도 열어봐도 될까요?”

장태가 두 번째 문을 바라보며 부인에게 물었다.

"물론이죠."

부인은 스스로 냉장실의 문을 열어주었다.

"……!"

그 안에는 처음 냉장고에 못지않은 식재료들이 있었다. 맨 위 칸부터 진귀한 재료가 그득했다. 철갑상어의 알과 제비집, 상어지느러미와 심해 상어의 간, 최상급 와규와 송로버섯, 송이버섯……. 두 번째 칸에는 채소와 과일, 곡류 등이 빼곡하게 보였다.

"식사는 거의 못 하지만 그래도 혹시나 해서 최상의 재료를 준비하고 있어요. 언제든 찾으면 만들어 드리려고요."

부인이 설명했다.

장태는 샐러리를 꺼내 들었다. 초록의 샐러리는 크고 튼실했다. 잘 말린 비닐에 도도하게 붙은 〈유기농〉이라는 단어가 한눈에 들어왔다. 그러나 구석에서 보인 건 풍경이 좀 달랐다. 각종 탄산음료와 여러 가지 버터들…….

"우리 회장님이 좋아하는 건……."

"와규가 푸짐하게 들어간 피자와 햄버거, 탄산음료와 버터죠."

부인의 설명이 끝나기도 전에 장태가 말했다.

"어머!"

"틀렸나요?"

"아뇨. 정확히……."

흔들리는 부인의 목소리를 뒤로 하고 몇 가지 과일과 채소를 꺼내 들었다. 오렌지와 당근, 단호박과 노랑 피망 등이었다. 다음으로 시금치와 브로콜리 등도 집어 들었다.

조리대 앞에서 장태는 타오를 꺼내놓았다. 무식하도록 넓고 큰 타오를 보자 부인이 한 걸음 물러섰다.

"뭐 하는 거죠?"

다시 부인이 물었다.

"회장님께 드릴 요리를 하려고요."

"그걸로 말인가요?"

"예!"

"쉐프……."

"불도장 같은 절정의 요리가 아니라서 실망인가요? 송로버섯이나 상어지느러미처럼 진귀한 재료가 아니어서요?"

"그건 아니지만……."

"회장님께 필요한 건 고급 요리가 아닙니다. 그게 필요하다면 날짐승, 들짐승, 해산물, 채소를 각각 진귀한 여덟 가지씩을 구해 중국식 만한전석에 버금가는 요리라도 하겠지만 말입니다."

단아한 시선을 받은 부인은 더 이상 이의를 제기하지 않았다.

장태는 냉장고에서 꺼낸 채소의 진기를 뽑기 시작했다. 정갈하게 날을 세운 타오가 브로콜리를 건드렸다. 하지만 이내 동작을 멈춘 장태, 브로콜리를 토막 내 쓰레기통에 던져 버렸다. 오렌지도 그랬고 당근도 그랬다.

"쉐프……."

"회장님이 먹을 만한 재료가 없군요."

두 개의 냉장고 문을 열어젖힌 장태가 말했다.

"말도 안 돼요. 그 재료들은 미국 최고의 백화점에서 어제 공수해 온 거라고요. 와규와 철갑상어알은 지상 최고급이고요."

"최고급이라고요?"

장태가 돌아보았다.

"그래요. 적어도 미국에서는 저것들보다 더 좋은 재료를 살 수 없어요."

"이 재료들……."

부인의 항변을 들은 장태가 샐러리를 집어 들었다.

"최고인 건 맞습니다."

"지금 무슨 말을 하는 거죠?"

부인의 시선이 장태에게 꽂혀왔다.

"겉만 본다면 말입니다."

"……."

"좋은 농장에서 잘 길렀군요. 큼지막하고 튼실해 보여서 소비자들의 시선을 끌 만합니다. 하지만 쭉정이에요. 모양만 좋지 프로그램에 따라 '사육'된 채소라서 진기는 없습니다."

"……?"

"회장님에게는 야성이 깃든, 즉 자연환경 속에서 자란 샐러리로 아름다운 기억을 품은 재료들이 필요합니다. 그런 기억을 품은 재료에서 나온 진기를 모아서 먹어야만 회장님께 도움이 된다는 거죠."

"그러니까 쉐프의 말은……."

"사모님이라면 이해할 겁니다. 그 옛날의 식품들은 지금과는 달랐죠. 모양과 크기는 별 볼 일 없지만 특유의 향과 맛은 더욱 강하고 좋았습니다. 회장님에게는 그런 식품이 필요합니다."

"……."

"가정부가 있나요?"

"기다리세요."

잠시 후에 가정부가 불려왔다.

"이 근처에 야시장이나 벼룩시장이 있습니까? 근처 농부나 주민들이 텃밭에 가꾼 채소나 과일을 소량으로 가져다 파는……."

"있기는 한데 오늘은 문 여는 날이 아니에요."

"다른 곳은요?"

"거긴 너무 멀어서 차로 가기도……."

"사모님!"

부인을 돌아본 장태, 묵직하게 한마디를 쏟아놓았다.

"헬기를 띄워주세요!"

*　　　*　　　*

"헬기?"

장태의 요구는 차남 맥과 로리에 의해 막히고 말았다.

"엉뚱한 요구에 불과해요!"

둘은 고개를 저었다. 여기 냉장고에 든 식품보다 더 좋은 식품은 없을 거라는 주장까지 앞세웠다.

두 사람을 주방에서 끌어낸 건 빌이었다. 옆방으로 옮겨간 가족들의 언쟁이 장태의 귀에까지 들려왔다.

"척 봐도 수작이야. 저 재료들은 최상급이야."

"맞아. 그중 일부는 내가 직접 백화점장에게 지시해서 구해온 거라고."

로리도 맥과 함께 목청을 높였다.

"나도 알아."

빌이 대답했다.

"그런데 뭐?"

더욱 각을 세우는 맥.

"다른 방법이 없잖아? 로버트 회장님의 추천도 있고……."

"저 친구 하는 짓을 보니 좀 아니야. 우린 시간이 많지 않아. 차라리 다른 방법을 찾자고. 동양의 기공이나 스님의 염력 같은 걸 추천한 임원도 있었어."

"그 또한 위험 부담이 따르기는 마찬가지야."

"아무튼 나는 마음에 안 든다고."

맥은 막무가내였다.

"너희들, 이 일은 나한테 맡겨다오."

"형!"

"오빠!"

두 사람의 목소리는 거기서 내려갔다. 부인과 막내 여동생 덕분이었다. 늦게 합류한 두 여자가 빌을 지지했다. 장태를 지지했다. 부인이 전해준 장태의 이론에 막내딸이 공감을 표시한 것이다.

"젠장, 말은 좋다고요. 하지만 그렇다면 초자연적인 지력(地力)과 힘을 머금은 식재료가 필요하다는 건데 그런 게 어디 있냐고요? 아프리카 킬리만자로 산에서 가져올까요? 아니면 아마존이나 중국의 심산유곡에서 구해올까요?"

맥의 목소리가 흔들렸다. 그 역시 아버지를 사랑하는 아들.

조급한 마음에 불만을 표시했지만 윌슨의 부활을 바라는 마음은 다르지 않았다.

"사장님!"

결국 주방에 있던 장태가 가족의 대화에 끼어들었다. 이번 일은 가족의 지지와 공감이 없으면 불가능한 일이었다.

의학도 포기한 백척간두의 윌슨 회장. 효성이나 욕심, 돈 따위로 해결될 일이 아니었다.

"쉐프, 미안합니다. 잘 정리가 되었으니 헬기를……."

빌이 장태에게 말했다.

"아닙니다. 꼭 드릴 말씀이 있어서 말이죠."

장태는 두 개의 오렌지를 들어보였다. 그런 다음 타오로 가지런히 조각을 냈다. 두 오렌지를 갈아 맥과 로리에게 내밀었다.

"드셔보세요."

"이봐요."

느닷없는 상황에 맥이 다시 각을 세웠다.

"마침 대조가 될 만한 과일이 있더군요. 직접 드셔보시면 제 말을 이해할 수 있을 겁니다. 이 일은… 가족 중의 누구라도 오해가 있으면 안 될 일입니다. 그런 상황에서는 저도 억만금을 준다고 해도 하고 싶지 않고요."

"……."

맥은 한참 동안 오렌지 잔을 바라보았다. 로리도 그랬다. 그러다 부인과 빌의 눈짓을 받고서야 첫잔을 비워냈다.

"천천히 두 맛을 비교하면서 드시기 바랍니다."

장태는 두 번째 잔을 내밀었다. 둘은 몇 모금에 나누어 넘기며 맛을 음미했다.

"……?"

세 모금 째에서 맥의 눈동자가 먼저 출렁거렸다.

"두 오렌지는 같은 날 사온 겁니다. 처음에 먹은 건 대량 생산 과수원에서 자란 것 같고 나중 것은 80% 정도 야생에 가까운 환경에서 자란 맛입니다. 어떤 게 좋은 맛인지 비교가 되리라 봅니다."

"……."

"맥, 로리!"

지켜보던 빌이 물었다.

"젠장……."

맥의 손과 목소리가 파르르 떨었다. 로리 역시 아주 다르지 않았다.

"이해가 되었으면 좋겠군요. 그게 95% 이상이면 또 다르거든요."

"……."

"쉽지는 않지만 불가능한 건 아닙니다. 그 정도 수고를 아끼실 분들은 아니겠지요?"

"미안합니다. 내 생각이 짧았어요."

맥의 입에서 사과가 튀어나왔다. 그 말을 들은 빌과 부인의 얼굴이 부드럽게 풀렸다.

변한 분위기에 취할 사이도 없이 장태는 헬기에 올랐다. 해가 질 무렵이었다. 대개의 야시장은 해가 지면 문을 닫는 법. 총알처럼 날아가는 헬기조차 느리게만 느껴지는 순간이었다.

그래도 결과는 나쁘지 않았다. 아니, 어쩌면 행운이라고 볼 수도 있었다. 야시장은 거의 마감 직전. 남은 상인도 몇 되지 않았다. 남은 물건도 모양이 엉망이고 흠집이 많은 것들뿐이었다.

"우리가 늦었군요."

함께 따라온 빌이 고개를 저었다. 하지만 장태 생각은 달랐다.

"꼭 그런 건 아닌 것 같은데요?"

장태는 멋대로 생긴 브로콜리와 오렌지, 당근, 오이, 양파, 양배추 등을 들어 보였다. 척 보기엔 상품가치가 없는 초라한 것들이었다.

"쉐프, 설마?"

"보기는 이렇지만 자연의 기억을 품은 녀석들입니다. 이놈은 바닷가 쪽에서 자라 바다 냄새가 가득하고 이놈은 계곡을 바라보며 자라 기운차네요. 솔직히 씹어 먹는 맛 같은 건 좀 투박하겠지만 이런 놈들이 속맛과 향은 제격이지요."

우적!

장태는 쭈글거리며 자란 오렌지를 한입 물었다. 입안에 퍼지는 진한 맛이 일품이었다. 물론 빌은 한입 물었다가 다 뱉어버렸지만…….

"그런데 왜 적색 채소들은 안 사고?"

물건을 고르는 장태를 보고 빌이 물었다. 장태의 손에 들린 건 다른 색의 채소가 주된 까닭이었다.

"급할수록 돌아가라는 말 아시나요?"

"물론……."

"회장님은 준비운동이 필요합니다. 바로 목표 요리를 먹으면 부작용이 올 수 있어요. 따라서 슬슬 적응을 시키는 거죠."

"하지만 우리는 시간이 촉박합니다. 투자 발표 시기가 5일 후거든요. 지금 억측이 난무하고 있어요. 그때까지 아버님이 입을 열지 못하면 계획에 차질이 생깁니다. 정부와 협력 기업, 기관들이 등을 돌릴 수도 있지요."

"급하면 계산부터 하시죠."

장태는 봉지를 챙겨들고 헬기 쪽으로 걸었다. 당장은 그게 우선이었다.

사각사각!

정성껏 타오를 놀렸다. 타오의 칼날은 부드럽게 진기를 깨웠다. 과일과 채소 하나, 한 줄기마다 진기가 응결되었다. 그렇게 모인 진기를 가지런히 받아냈다. 양은 얼마 되지 않았다. 그걸 생수와 섞어 윌슨에게 다가갔다.

가족 대표로 빌과 맥이 참관을 했다. 처음부터 빌이 나섰지만 장태가 맥을 지명했다. 이건 비즈니스 공식에서 배운 일이었다.

—원활하게 일하려면 상대의 보스를 공략하라.

—가장 부정적인 사람을 내 편으로 만들어라.

쉐프도 비즈니스를 배우냐고?

물론 그렇다.

쉐프는 단순히 요리만 하는 사람이 아니다. 주방 전체, 매입에서 요리까지, 전체를 아우르고 계획하는 게 쉐프의 역할. 그 안에는 식자재상과 휘하의 쉐프들, 종업원들, 심지어는 고객을 응대하는 비즈니스까지 섭렵해야만 했다.

"직접 먹여주시죠."

장태가 컵 하나를 내밀었다. 맥은 가만히 고개를 저었다.

"그럼 제가……."

장태의 손이 컵을 기울였다. 컵 안에 든 물은 푸른빛을 띠고 있었다. 진기를 모은 물은 천천히, 아주 느리게 윌슨의 혀로 흡수되어 들어갔다. 다음은 검은색을 띈 물이었다. 검은 기운을 가진 과일과 채소에서 추출한 진기의 진액들. 그 또한 답답할 정도로 느리게 윌슨의 혀에 흡수되어 목 안으로 흘러갔다.

맥은 아버지 윌슨의 반응에 집중했다.

"이제 말을 하게 되는 겁니까?"

"아닙니다."

장태는 그 말을 남기고 돌아섰다.

"그럼 언제?"

맥이 장태의 손목을 낚아챘다.

"그건 저도 모릅니다."

"……."

"최악의 경우에는 아무 반응이 없을 수도……."

"쉐프, 아까도 말했지만 우린 5일 후에 기자회견을……."

빌이 장태를 상기시켰다.

"가끔은 기적이 일어나는 경우도 있습니다."

"그러려면 당장 적색이 어쩌고 하는 식재료를 먹여야 하는 거 아닌가? 당신의 이론에 의해도!"

맥이 뒤따라 나오며 조바심을 냈다.

"준비운동도 없이 바다에 뛰어들 수는 없지요."
장태는 빌에게 해준 말을 그대로 들려주었다.
"그럼 이제 준비운동은 끝난 거냐고요?"
"아직은!"
"아직?"
"5일 후가 발표일이라고 하셨죠?"
"맞소."
"죄송하지만 제 말을 꼭 지켜주시기 바랍니다. 제가 만드는 치료식을 어떻게든 다 먹일 것. 정 안 먹거든 드라이 에이징 방식으로 숙성시킨 와규를 코 앞에서 구워 그 냄새를 맡게 해서라도 본능을 자극할 것……."
"……."
"그 약속을 받아들이신다면 최선을 다해 보겠습니다."
"쉐프……."
"반대쪽이라면 저는 손을 뗍니다. 물론, 회장님은 처음부터 보지 않은 것으로 하겠습니다."
"……."
"하시겠습니까?"
"단지 그것뿐이오? 당신이 주는 치료식을 다 먹이는 것?"
"예!"
"그 치료식이라는 게 자연의 기억을 간직한 식재료의 진액들?"
"다른 재료도 찾아보겠지만 기본적으로는……."
"……."
"하실 건가요? 말 건가요?"

"확률은 얼마나 되는 거요?"
"운이 좋으면 반반입니다."
반반!
희망의 씨앗은 조금 크게 던져 주었다. 아주 틀린 말은 아니었다. 어차피 결과적으로 보자면 성공이냐 실패냐, 두 가지 중의 하나기 때문이었다.
"하겠소."
"그럼 만약을 위해 자연환경에서 자란 와규와 야생 채소, 과일 등의 공급원도 많이 확보해 두시기 바랍니다. 그건 나중에라도 지속적으로 드셔야 할 테니까요."
"치료식은 어떻게 만들 거요?"
"내일부터 제 레스토랑으로 사람을 보내시면 됩니다."
"……?"
"제가 여길 매일 왔다 갔다 하기는 어렵거든요."
"상주하면 될 것 아니오? 불과 며칠에 불과하니……."
"죄송하지만 제 요리를 기다리는 사람은 한둘이 아닙니다. 예약도 밀려 있고요."
"쉐프, 당신이 받는 건 무려 500만 불이오, 500만 불."
"돈에는 관심 없습니다. 그 액수 또한 내 입으로 한 말이 아니었으니 아까우면 안 주셔도 됩니다."
장태는 잘라 말했다. 가족들은 어쩔 수 없이 장태의 제의를 받아들인 상황. 다른 대안을 찾을 여유도 없었으니 칼자루는 장태 손에 들린 셈이었다.
장태는 밖으로 나왔다. 헬기의 프로펠러 위로 가득 들어찬 하늘에는 새파란 어둠의 날이 서고 있었다.

일이 많아졌다.

—미국과 북한의 비밀회담 요리 구상.

—두 배로 늘어난 피시앤칩스.

—프라임 윌슨 회장의 일.

—거기다 4년째 128개 기업에서 떨어진 백수 청년까지.

초황에 도착하자 세준이 희소식을 전해왔지만 귀에 잘 들어오지 않았다.

희소식. 그건 통장 잔고에 스피드가 붙고 있다는 귀띔이었다.

피시앤칩스에서 하루 천여 불, 기타 저녁 테이블 쪽에서도 지금까지 수천 불이 남았다. 단순히 계산해도 순익이 한 달에 3만 불 이상은 될 것 같았다. 내일부터는 피시앤칩스 판매액이 두 배로 늘어날 판. 완판되기만 한다면 월 5만 불도 바라볼 상황이 된 것이다.

"으아, 완전 대박이에요."

세준은 자기 일처럼 기뻐했다.

잠시 후에 림뽀가 들어섰다. 장태는 그에게 특별한 일을 맡겼다. 노숙자 몇과 함께 LA 야시장이나 농가를 돌며 자연식품을 구해오라는 것.

모양보다 자연친화, 나아가 많은 양을 부탁했다.

숨을 좀 돌린 장태, 김치 국물을 만지기 시작했다. 부회장이 가져온 세 가지 김치. 하나하나 따로 맛을 보며 정통 평양냉면 레시피와 맞춰나갔다. 아쉬운 건 김치 양이 많지 않아 마음대로 실험할 수 없다는 것.

'이게 전부라네.'

부회장의 말은 그래서 더욱 안타깝게 들렸다. 김치는 발효식품. 아무리 급하다고 오늘 담가서 내일 먹을 수는 없는 일이었다.

밤이 깊어갔다.

장태는 메밀가루에 물을 부어 반죽을 밀었다. 차가운 물을 더한 냉반죽이었다. 원래 밀가루는 미지근한 물을 부으면 반죽하기가 쉬웠다. 하지만 메밀에는 상극이다. 내친 김에 반죽 그릇 바닥을 이중으로 구분해서 아래쪽 칸에 얼음을 넣었다. 이렇게 하니 반죽 그릇이 차갑게 유지되어 효과가 더 좋았다.

반죽…….

그냥 치대서 되는 일도 아니었다.

맛있는 메밀반죽을 만드는 일은 단순한 작업이 아니다.

장태는 메밀의 특성을 알고 있었다. 가루에 물기가 고루 배는 게 중요했다. 그러자면 반죽을 늘이고 줄이고, 접었다 펼쳤다를 반복하는 수밖에 없었다. 짜장면으로 치면 수타기법이다.

쭈욱 늘렸다가 탕!

또 늘렸다가 탕!

그래야만 면발에 찰기와 생가가 도는 것처럼.

차가운 물과 찬 그릇을 도구로 하는 반죽. 그건 뜨거운 물로 하는 반죽과 차원이 달랐다. 실로 엄청난 악력이 필요한 일이었다.

면 뽑기는 톰의 주방에서 신세를 졌다. 거기 면 뽑는 머신이 있기 때문이었다. 그렇게 만들어진 면발을 여러 방법으로 삶아 내었다.

1분!

1분 30초!

2분!

세 가지 중에서 가장 우수한 타임은 중간이었다. 그 면 역시 세 덩어리로 나눠 육수에 넣었다. 육수 또한 한 종류는 아니었다. 세 가지 김치 국물로 만든 것부터 육수를 혼합한 것까지 준비한 것이다.

'좋군.'

마지막 육수가 입맛을 끌었다. 그건 장태가 만든 응용 육수였다. 김치 국물 일부에 소고기 스톡을 넣어 만든.

내친 김에 그냥 소고기 스톡과 명태 육수도 함께 시험한 장태였다. 북한에서 부잣집은 소고기 육수를, 가난한 사람은 명태 육수를 썼다는 말 때문이었다.

'젠장!'

실험을 마치니 생각은 더 복잡해졌다.

—김치 국물 육수.

—소고기 육수.

—명태 육수.

이쪽을 생각하면 이쪽이 옳았고 저쪽을 생각하면 저쪽이 옳았다. 고민을 하다 파로시아에게 전화를 걸었다. 혹시라도 북한 인사들의 사진을 받을 수 있을까 싶어서였다.

—저쪽에서 최종 통보를 해오지 않았습니다. 우리 측에서는 북한의 2—3인자로 생각하는데 자세한 건 회담일 직전에야 알 수 있을 거 같네요.

파로시아의 말은 도움이 되지 않았다. 그때까지 손을 놓고 있을 수는 없기 때문이었다.

'공부하는 셈치고…….'

장태는 다시 면을 치대기 시작했다.

Easy come, easy go!

쉽게 얻은 건 쉽게 나가는 법. 이번 기회에 평양냉면의 달인이 되어보는 것도 나쁘지 않을 것 같았다.

이틀이 지나갔다.

다행히 두 배로 늘인 피시앤칩스는 완판 행진을 계속해 나갔다. 오늘은 그 두 배조차도 조기 완판이 되었다. 해외에서 온 단체 관광객이 두 차례나 들이닥친 덕분이었다. 한 번은 중국, 또 한 번은 한국. 두 대의 차량에서 쏟아져 나온 관광객들은 사진을 찍느라 바빴다.

SNS가 또 후근 달아오를 모양이다.

중간의 짬을 이용해 윌슨의 치료식을 만들었다. 오늘도 어제와 비슷했다. 다른 점이라면 오늘의 재료는 림뽀와 노숙자들이 구해온 거라는 것뿐.

못난이 과일과 채소들은 장태의 마음에 들었다.

치료식은 막내딸 베라가 받아갔다. 다음 날도 그랬다.

"쉐프……."

이틀 때 되는 날 그녀가 입을 열었다.

"예……."

"우리 아버지, 정말 말을 할 수 있게 될까요?"

"……."

"작은 오빠의 불만이 다시 커지고 있어요."

작은 오빠라면 맥이다. 그라면 그럴 수 있었다. 다소 직선적이고 다혈질 성향을 보이는 그였다.

"이 치료식은 언제까지 계속하는 거죠?"

"최소한 이틀은 더요."

"그다음에는요? 쉐프의 생각을 알고 싶어요."

"그다음에도 특별히 변하는 건 없습니다. 재료를 바꾸어 최선을 다할 뿐."

"단지……."

베라는 말끝을 흐리다 남은 말을 이었다.

"단지 그것으로 되는 건가요?"

"제가 할 수 있는 건 그것뿐이니까요."

"가혹하군요."

"예?"

"우리 아버지의 운명 말이에요. 실은 오늘은 아침부터 당신을 지켜보았어요. 당신의 피시앤칩스를 사러온 사람들……. 평이 아주 좋더군요. 맛도 좋고요."

맛?

그녀는 담담해 보였다. 아마 비서나 기사를 시켜 사 먹은 모양이었다.

"외국인들에다 주변 사람들의 평도 좋았어요. 그동안 당신의 요리로 몸과 마음의 질병을 고친 사람이 한둘이 아니라고도……."

"……."

"그래서 어쩌지도 못해요. 이미 진행된 일이고……. 시간까지도 이제 우리 편이 아니니까요."

"베라……."

"갈게요."

베라가 돌아섰다. 아버지를 생각하는 딸의 마음. 그것만큼이나 무거운 발걸음이었다. 그걸 바라보는 장태의 마음도 무거웠다.

* * *

저녁 테이블 손님을 치룬 후에 다시 냉면을 뽑았다. 윌슨 회장의 일이 급하지만 미국 정부의 요청도 소홀히 할 수 없는 일이었다.

김치 국물을 아껴가며 육수를 실험했다. 어느 정도 자신이 서자 부회장 이태구에 지원 요청을 넣었다. 교민들 중에서 냉면 맛 좀 아는 사람 몇을 초대할 수 있게 해달라고 한 것. 이태구는 흔쾌히 수락해 주었다.

자정 무렵에서야 림뽀가 구해온 붉은색 식재료들을 손보았다. 많은 재료들 중에서 자연에 가까운 기억을 가진 것만을 철저하게 가려냈다. 대자연의 싱싱한 기억을 품고 자란 재료들. 그러나

품질이 우수한 건 생각보다 많지 않았다.

그것들의 진기를 모았다. 타오의 수고를 받았다. 한 방울 한 방울 불어날 때마다 붉은 별빛을 모으는 심정이었다.

'두 밤…….'

잠들기 전 장태는 밤하늘을 바라보았다. 윌슨을 겨눈 날이 다가오고 있었다. 그동안 부지런히 그의 인체를 자극하고 있을 네 가지 색깔의 진액들. 그들이 열심히 윌슨의 몸을 자극하고 있다면 그때쯤을 노려볼 만했다.

머릿속에 윌슨의 오방색이 떠올랐다. 정갈하게 모아둔 진액과 대비를 시켰다. 색감이 약했다. 어쩌면, 마냥 양을 늘리는 걸로 해결되지 않을 수도 있었다.

셀 수도 없이 막히고 부풀어 오른 윌슨의 심혈관. 자칫하면 어디서 터질지도 모르는 위태로움. 그런 부작용을 최소화하며 길을 뚫어야 하는 장태.

'홀리 블랜딩…….'

장태는 신성한 식물들로 이룬 홀리 블랜딩을 바라보았다. 윌슨에게는 이것조차 큰 도움이 되지 않았다.

다른 스파이스나 허브…….

그걸 생각하다 생각의 끝이 스베뜰라나에게 닿았다. 스파이스의 황제 스베뜰라나. 그라면 도움이 될 만한 스파이스를 가지고 있을 지도 몰랐다.

늦은 밤, 장태는 차의 시동을 걸었다. 스베뜰라나의 허락이 떨어진 것이다. 사람을 살리는 일이니 실례 따위는 머리에 들어오지 않았다.

'스베뜰라나…….'

장태는 스베뜰라나를 향해 폭주해 갔다.

완판!

다다음 날, 피시앤칩스를 마감한 장태가 빌에게 전화를 넣었다. 아침부터 확인 전화를 넣고 있던 빌이 반색을 했다.

"헬기를 부탁합니다!"

나흘이 지난 이른 오후였다. 저녁 손님의 시간이 뒤로 미뤄졌기에 서둘러 시간을 낸 것이다. 윌슨에게 허용된 5일 차가 오늘이었다. 예정된 투자계획 발표는 저녁 8시. 장태는 그동안 모은 붉은색 진액병을 챙겨들고 세준이 운전하는 차에 올랐다.

"준비는 다 된 거예요?"

세준이 장태의 상자를 보며 물었다.

"나름……."

"으아, 내가 다 긴장되네."

"그렇지?"

"형은 아무렇지도 않아요?"

"나도 막 떨린다."

"에이, 아닌 거 같은데……."

"속으로 떠는 거야. 겉으로 떨면 너희들이 함께 떨까봐."

"진짜면 좀 슬프다."

"뭐가?"

"형 말이에요. 내가 책에서 읽었는데 남을 너무 배려하는 것도 안 좋대요."

"그럼 막 내키는 대로 짜증 내고 성질내고 그럴까?"
"에… 그건 좀……."
"그럼 어쩌라고?"
장태가 웃었다.
"요즘 형을 보면 갑자기 쉐프가 되어야 하는지 말아야 하는지 종잡기 어려워요."
"그건 또 왜?"
"몸이 열 개라도 모자라잖아요? 컴퓨터 파일이라면 내가 복사라도 해주려만."
"지금 돕는 거로도 충분하다. 그래서 내가 마음 놓고 출장을 갈 수 있는 거잖아."
"정말 자신 있는 거죠?"
"그건 내가 아니라 윌슨 회장님에게 물어봐야지. 딛고 일어서는 건 그분이야. 네가 마약을 뿌리치고 일어선 것처럼."
"다 왔어요."
대화를 하는 동안 공항이 가까워졌다. 특명을 받은 헬기는 벌써 준비를 갖춘 상태였다.
"형, 파이팅요!"
차 앞에서 세준이 주먹을 쥐어 보였다. 장태는 진기 추출액을 바라보았다. 병 안의 용액에서 신산한 빛이 엿보였다. 어쩐지 신비가 깃들어 보이는 진액은 스베뜰라나 덕분이었다.
그날 밤, 그가 권한 건 디기탈리스와 센티드제라늄의 배합제였다. 전자는 강심 효과가 탁월한 허브였고 후자는 기분을 맑게 하는 허브. 장태는 거기에 로즈마리와 하이비스커스를 더했다.

그렇게 만든 허브를 증류식으로 우려내 더하니 윌슨의 시든 오방색을 깨울 만해 보였다.

"……!"

별장에 도착한 장태가 상자를 열자 윌슨의 가족들은 눈을 동그랗게 떴다. 그 안에 든 건 단 두 가지였다. 붉은 계열의 과일과 채소에서 가려진 진액과 넓적한 푸주칼 타오……. 신비한 영약 같은 거라도 기대하던 그들 눈꺼풀에서 맥이 풀려 나가는 게 보였다.

"제가 보낸 치료식은 제대로 먹이셨겠죠?"

장태가 빌에게 물었다.

"네!"

대답은 베라가 했다. 장태는 가정부에게 시선을 돌렸다. 가정부는 주방을 가리켰다. 테이블과 선반 위에 각종 야생과일과 채소들이 보였다. 전처럼 특급 백화점에서 사온 말쑥한 것들은 아니었다. 모나고 채이고 패인 못난이 과일과 채소들……. 토마토에 포도, 고추와 체리, 딸기까지 온통 붉은색이 장태의 시선을 끌었다.

"미안하지만 가능하면 서둘러 주세요. 아버님이 말을 할 수 있게 된다고 해도 이것저것 준비할 게 많습니다."

빌이 재촉했다. 윌슨의 가족 모두의 얼굴에는 초조함이 역력했다.

시간은 오후 4시.

시간이 촉박하기는 장태도 마찬가지였다. 메인테이블의 예약 시간은 밤 8시 반. 갈 때 헬기를 태워준다고 해도 그리 여유로운 상황이 아니었다.

후우!

호흡을 가다듬은 장태, 마침내 월슨의 방으로 걸음을 옮겼다.

스륵!

방문이 열리고 월슨의 모습이 한눈에 들어왔다. 눈을 뜨고 있지만 여전히 초점이 없는 회장. 천천히 손을 들지만 어쩌지는 못하는 회장.

그런데…….

"……?"

월슨의 모습을 바라본 장태의 등골에 벼락같은 충격이 스쳐갔다.

맙소사!

하마터면 들고 있던 진액병을 떨굴 뻔한 장태.

"왜 그러시오?"

따라 들어온 맥이 물었다.

"치료식… 뭔가 잘못되었군요?"

묻는 장태의 목소리가 떨렸다.

"무슨 소리요? 쉐프가 시키는 대로 했는데……."

"아뇨. 다른 게 들어갔어요. 내가 금지시킨 붉은색 계열의 채소와 과일들……. 그게 들어갔습니다. 틀림없습니다."

장태는 뒤쪽의 가족들을 돌아보았다.

"쉐프, 아니라고 했잖아?"

"아닌 게 아닙니다. 토마토 네 개와 포도 두 송이, 딸기 10여 개 정도의 양와 체리의 즙이 투여되었다고요!"

장태가 소리쳤다. 윌슨의 몸에서 희미하게 풀썩거리는 붉은 기운들. 그건 결코 저절로 생길 수 없는 오방색이었다.

털썩!

그때 뒤쪽에 서 있던 가정부가 그 자리에 무너져 버렸다.

"마리아!"

놀란 맥이 그녀를 부축해 일으켰다. 그 소동에 남은 가족들도 전부 가까이 몰려들었다.

"세상에……."

가정부는 입술에 지진이라도 난 듯 떨며 뒷말을 이었다.

"그걸 다 맞추다니……."

"그럼 마리아가?"

정황을 짐작한 맥이 가정부를 다그쳤다.

"제가 먹였어요. 저 쉐프가 준 치료식에 조금 반응을 하시는 것 같길래 하루라도 빨리 회복 시켜드리려는 욕심으로… 그런데 거기 쓴 재료의 양을 귀신처럼……. 정말… 토마토 네 개와 포도 두 송이를 갈았거든요. 딸기 열 개와 체리 스무 개도……."

가정부는 공포에 젖은 채 고개를 저었다.

*　　　　*　　　　*

"그래서? 안 된다는 거요? 쉐프!"

훌쩍 달구어진 맥이 다시 목청을 높였다.

"……."

장태는 할 말이 없었다. 세계적인 재벌가의 사람들. 그들 역시 하나의 인간에 불과했다. 자기 마음대로 되지 않는 현실 속에서 무너지는 것이다.

"그러기에 제가 각별히 말씀드리지 않았습니까?"

"말도 안 돼. 기왕에 먹일 거였다면 조금 먼저 먹인 게 그토록 치명적이란 말인가? 당신은 이런 일을 이유로 책임 회피의 이유로 삼는 건 아니고?"

"맥! 좀 진정해."

뒤에 있던 빌이 맥을 잡아끌었다.

"어떻게 진정해? 관련 기업 CEO들과 세계은행, 아시아 개발은행과 백악관 관계자들까지 다 집결했다고. 아버님이 한마디라도 거들어주셔야 저들이 협력 사인을 할 텐데 이 모습으로 모시고 가잔 말이야?"

"죄송하지만……."

듣고 있던 장태가 말을 끊고 나섰다.

"조금 어려워지긴 했지만 시도까지 못하겠다는 건 아닙니다."

"당신, 끝까지 우리와 말장난을 하자는 건가?"

흥분한 맥은 상의를 벗어 집어던졌다.

"정 그러시다면 저는 여기서 돌아가겠습니다."

별수 없이 장태, 포기를 선언했다.

가정부의 어이없는 충성심에 의해 틀어진 계획.

장태가 준비한 진액의 기색을 윌슨에게 겨뤄보지만 부족했다. 주방에 준비된 야생의 과일과 채소를 더해 가늠해 봐도 마찬가지였다. 섣불리 건드린 게 치명적이었다. 그렇기 때문에 장태가 계산한 것 이상의 분량이 필요하게 된 것이다.

더구나 신뢰도 깨진 상황. 윌슨에게는 미안한 일이지만 속 시원하게 인정하는 게 나을 일이었다.

"쉐프!"

돌아서는 장태의 팔을 빌이 잡았다.

"……."

"이대로 가는 겁니까?"

"빌……."

"우리 잘못입니다. 하지만 아버님은요? 아버님은 아무 잘못이 없지 않습니까?"

"……."

"아버님의 오늘 회견 참석은 포기하겠습니다. 회견은 플랜 B로 고쳐 진행할 테니 시간에 구애 받지 마시고 부탁합니다."

"빌……."

"다시 일주일을 드리죠. 아니 한 달이라도 괜찮습니다. 어쩌면 우리가 당신에게 무리한 부탁을 했는지도 모릅니다. 의사들도 포기한 분을 두고 기간까지 제한했으니까요."

"……."

"이렇게 부탁합니다. 비용이 부족하다면 다섯 배를 더 요청하셔도 기꺼이 드리겠습니다. 아니. 열 배라도."

열 배면 5천만 불이었다. 받을 생각은 없지만 줄 생각은 있는 사람들. 표정을 보니 그저 돈이 많아 지르는 건 아니었다. 그들 역시 애잔함은 돈의 액수로 표현하는 것뿐.

빌은 정중히 허리를 조아렸다. 그 모습이 너무 정중해 장태는 주저했다. 그사이, 빌은 맥을 토닥여 응접실로 데려갔다. 오늘 투자 계획에 윌슨을 대동하는 일은 완전하게 포기한 모양이었다.

그때였다.

"어머!"

창 밖에서 가정부가 잔디에 걸려 쓰러지는 소리가 들렸다. 그녀는 들고 가던 바구니를 엎어버린 상태였다.

"잠깐만요!"

장태는 빌과 가정부 동시에게 소리쳤다. 그리고 가정부를 향해 뛰어나갔다. 바구니에서 쏟아진 건 쭈그렁 못난이 과일과 채소 등이었다.

"……!"

그중에서도 붉은 해초에 시선이 갔다.

"워낙 못 먹을 것 같아서 버리려고 골라둔 것이었는데……."

가정부의 말은 귀에 들리지 않았다. 장태는 해초의 붉은색에 정신을 꽂았다. 처음 보는 해초였지만 붉은 기세가 촘촘했다.

"이거 뭐죠?"

장태가 닦아세우듯 물었다.

"나도 몰라요. 심부름 나간 사람들이 자연에서 난 붉은 먹거리라면 뭐든 사왔거든요. 그건 누군가 자기가 먹고 고혈압, 당뇨, 협심증을 고쳤다고 추천한 모양인데 회장님에게 아무거나 먹일 수는 없어서……."

가정부가 고개를 숙였다.

협심증!

그 단어가 귓바퀴를 차고 들어왔다.

장태는 한 입을 뜯었다. 짠맛이 있었다. 쓴맛도 있었다. 그 안에 바다가 있었다. 개미의 눈 안에도 우주가 있다더니 흡사 그런 기분이었다.

'이거라면…….'

해초와 다른 재료들을 대충 바구니에 때려 담아 윌슨에게 뛰었다.

'보여라!'

윌슨 앞에서 선 장태는 오방색을 호령했다. 그 순간만은 장태가 윌슨 목숨의 주인이었다. 명을 받은 오방색은 너울 모습을 드러냈다. 장태의 시선은 한없이 비장했다.

'붉은색은…….'

제법 기세가 오른 다른 네 가지 색을 더해 상상의 기세를 그려보았다. 그 기세 속에 준비된 붉은 진액을 대비시켰다. 해초와 야생 과일들까지 더해.

제발…….

"……!"

치밀하게 계산을 거듭하던 장태의 시선이 툭 끊어졌다.

역부족!

딱 간발의 차이였다. 해초까지 더해도 간발의 차이로 진액이 부족한 것이다. 그러나 시도는 해봄직한 차이였다.

'청색을 누른다면…….'

"뭐하는 겁니까?"

뒤따라온 빌이 물었다.

"언제 출발이죠?"

장태는 윌슨에게 시선을 고정한 채 대꾸했다.

"30분 안이오만."

"헬기는 한 대뿐이죠?"
"물론입니다."
"윌슨 회장님의 말문이 열린다면 얼마나 늦출 수 있나요?"
"그렇다면야 두 시간 정도는……."
"카지노 가본 적 있나요?"
"……?"
"나는 여러 번 가봤죠. 직접 돈을 걸어본 적은 없지만……."
"쉐프, 지금……."
"도박 한번 해보자는 겁니다. 가능성은 높지 않지만……. 대신 두 시간 후쯤에 출발해야 할 겁니다."
"쉐프……."
"실은 나도 당신 헬기를 타고 가야 하거든요. 8시 반에 예약 손님이 있어요."
"……?"
"하실 건가요? 나는 해보고 싶습니다."
"…하죠!"
장태의 마지막 말이 희망이 되었을까? 빌의 결정이 떨어졌다. 그 옆에는 맥이 있었지만 반대는 하지 않았다. 재료를 챙겨든 장태가 주방으로 뛰었다. 타오를 꺼내 든 장태는 미친 듯이 칼을 놀렸다.
신기(神技)!
그게 거기 있었다. 숨 쉴 사이도 없이 타오를 몰아친 장태는 식재료를 다스려 진기를 뽑아냈다. 그 줄기 하나, 껍질 사이에 숨은 진기조차도 놓치지 않았다. 불그스레한 해초가 그랬다. 실낱같은 줄기와 잎새들. 그 잎새에 맺힌 세포막을 열어 물길을 냈다. 물길이 모여 한 방울의 진액이 되었다.

톡!

그것들이 모일 때마다 장태는, 자신의 세포액이 그만큼 마르는가 싶을 정도로 심혈을 기울였다.

후우!

마지막 한 방울을 모은 장태, 이번에는 숙성된 와규에서 가장 맛난 부위를 숭덩 끊어냈다. 미끼로 쓸 생각이었다.

'부탁한다.'

와규를 그릴 위에 올렸다. 냄새가 폭발적으로 진동하기 시작했다. 그 위로 버터를 뿌리고 또 뿌렸다. 그 버터가 와규에서 흘러나온 지방은 고소함의 절정으로 변해갔다.

꿀꺽!

잘 구워진 와규를 집어 들자 침이 넘어갔다. 이번에는 군침이 아니라 간절함의 표현이었다. 절박한 순간, 문득 햄버거 인육 패티의 쉐프가 떠올랐다. 그때도 이 못지않게 간절했던 장태…….

'그때 안나를 살렸지.'

장태는 기억의 끈을 가까이로 당겨놓았다. 끈 위에서 안나가 웃었다. 여기 오기 전에 보았던 웃음이었다. 어제 보았던 웃음이었다.

'그때 포기했더라면…….'

오늘의 안나를 볼 수 있었을까? 안나의 도움을 받으며 행복하게 레스토랑을 운영할 수 있었을까?

더구나 오늘의 대상은 윌슨이었다. 너무 위대해 위인처럼 보이던 기업가. 그가 나서야만 세계적인 투자 계획이 힘을 받을 수 있는 상황. 그렇다면 이 일은 안나를 구하던 때보다 더 가치가 있는 일이었다.

'제발…….'

윌슨의 입을 열어다오.

그리하여 그의 투자로 인해 많은 사람에게 희망과 꿈을 심어줄 수 있게.

꿈틀!

와규 구운 냄새가 코앞에서 진동을 하자 윌슨의 눈꺼풀이 떨었다. 심장에 무리가 오기 전 그가 미치도록 좋아했다는 와규. 그렇기에 몸이 조건반사를 하는 것이다.

그의 몸 안에서 오방색들이 잠을 깨고 있었다. 약하디약한 기세들. 그중에서도 더욱 약한 적색의 기운. 장태는 홀리 블랜딩을 섞은 생수를 입안에 떠 넣었다.

홀리 블랜딩!

오방색의 기세를 감추는 신묘한 효력. 혹시 몸 안에서도 통한다면? 잠시나마 윌슨의 몸은 백지가 될 수 있었다. 그때 붉은 기세를 높여 기적을 노리는 것이다. 백지 위에 붉은색이 퍼져간다면, 그래서 온통 막히고 헐어버린 혈관에 길을 낼 수 있다면…….

"……!"

집중하고 집중하던 장태의 눈에 힘이 들어갔다. 착각인지는 몰라도 한순간 윌슨의 오방색들이 풀썩 주저앉은 것이다.

'지금이야.'

톡!

마침내 붉은 진액의 방울들이 윌슨의 혀에 떨어졌다.

간절한 염원과 함께 혀 안으로 스며들기 시작했다. 윌슨의 눈에 미세한 경련이 더해지는 게 보였다. 경련을 타고 실핏줄이 피어올랐다. 그리고… 눈매 주변에 힘이 쏠리기 시작했다.

톡톡!

진액이 계속 투하되자 윌슨의 눈매에 경련이 깊어졌다. 장태는 남은 진액을 죄다 밀어 넣었다. 윌슨의 상반신이 한 번 흔들렸다. 지켜보던 가족들은 숨조차 제대로 쉬지 못했다.

톡!

병을 타고 내려온 마지막 방울이 윌슨의 목을 타고 넘어갔다. 그러자 윌슨의 심장 주변에 붉은 기운이 서리는 게 느껴졌다. 자세히 혈관들이 꼼지락거리고 있었다. 손등 위에도 목덜미에도…….

꼼지락꼼지락!

"아버님 입술이 움직여요."

막내 베라가 소리쳤다.

"정말!"

맥이 화답했지만 그것으로 끝이었다. 열릴 줄 알았던 윌슨의 입술은 짐승소리 비슷한 신음을 내다 닫혀 버렸다. 혈관의 미동도 끝났다.

"쉐프!"

가족들의 시선이 장태에게 쏠려왔다.

"……!"

낭패였다. 모험이 불발로 돌아간 것이다. 어쩌면 될 것도 같았지만 윌슨의 상태가 너무 심각했다. 그게 회생의 발목을 잡은 것이다.

"안 되는 겁니까?"

빌이 물었다. 장태는 차마 대답하지 못하고 거실로 나왔다.

처음부터 빗나간 까닭에 이제는 아주 먼 일이 되었다. 이렇게 되면 다음에는 얼마나 많은 진액을 투여해야 할지 모를 일이었다.

간발의 차이.

정녕 아쉬웠다.

그런데…….

허무함에 무너지던 장태 눈에 뭔가 붉은 것이 얼비쳐 보였다. 다시 정원이었다. 잔디 위였다. 장태는 그곳을 향해 걸었다.

'오, 하느님!'

그리고 자신도 모르게 기도가 터져 나왔다. 해초였다. 정원의 잔디밭, 살짝 패인 곳에 떨어진 그건 해초가 맞았다.

'아까…….'

상황을 알 것 같았다. 가정부가 쓰러진 자리……. 그때 튕겨나간 것들이 남았던 것이다.

"빌, 맥!"

장태는 윌슨의 방을 향해 소리쳤다.

"잠깐만 기다려요. 아직 끝나지 않았다고요!"

장태는 다시 주방으로 뛰었다. 바다에 가면 그저 발길에 채일 해초 따위가 이렇게 반갑기는 난생 처음이었다.

톡!

사력을 다해 짜낸 붉은색 진기가 다시 윌슨의 입으로 들어갔다. 가족들은 아까보다도 더 숙연하게 지켜보고 있었다.

제발…….

이번에는 반지까지 문질렀다. 사자 문양의 반지. 샘이 주고 간 그 반지. 소원을 들어준다는 그 반지까지.

"……!"

결과는 허사였다. 잠시 간격이 생겨서 그런 건지 미세한 변화조차 없었다. 장태가 고개를 떨구자 가족들의 기대감은 한숨으로 바뀌었다.

"이런 젠장할!"

맥이 허공을 향해 울분을 쏟아냈다.

투타타타!

헬기의 프로펠라가 돌기 시작했다. 윌슨의 가족들이 투자기자 회견장으로 떠날 채비를 갖추는 것이다. 물론 장태는 그 탑승자에 들지 못했다. 기세등등한 맥 때문이기도 했고, 장태도 태워달라는 말을 꺼낼 상황이 아니었다.

"당신, 나중에 두고 보자고."

맥은 목청을 돋우며 헬기에 올랐다.

"신경 쓰지 말아요. 당신은 최선을 다한 거니까."

빌이 다가와 말했다.

"……."

"헬기 대신 차를 내드리죠. 당장은 맥 때문에라도……."

"……."

위로를 남긴 빌이 장태를 스쳐 갔다. 프로펠러가 일으킨 바람이 장태를 사납게 밀었다. 그래도 장태는 움직이지 않았다. 빌의 말대로 최선을 다했다. 하지만 결과는 좋지 않았다. 세상은 결과로 말한다. 최선은 그저 구두선일 뿐이었다.

투타타타!

헬기가 떠올랐다. 그러자 예약 손님을 맞으려던 생각을 포기했다. 차로는 도무지 8시 반까지 돌아갈 수 없는 일이었다.

'예약손님…….'

4년째 128개 기업에서 떨어진 백수 청년…….

다른 사람도 아니고 그런 사람을 바람맞혀야 하는 게 마음에 걸렸다. 그로서는 음식점 예약마저 떨어지는 꼴이 아닌가?

멀어지는 헬기를 보며 장태는 전화를 꺼내 들었다. 세준에게 연락을 해야 했다.

〈오늘 예약 꽝 났다. 시간에 맞춰서 못 가〉

머릿속에 그 말을 팽글거리며 화면을 눌렀다.

그때였다.

멀어지던 헬기 소리가 다시 가까워졌다.

충격이 컸나?

환청까지?

가만히 고개를 들자 헬기가 시야에 들어왔다. 헬기 안에서 빌이 미친 듯이 소리를 치지만 들리지 않았다. 순간, 별장 문이 열리며 가정부가 뛰어나왔다.

"쉐프님, 회장님이 말을 해요. 그래서 내가 큰 사장님께 전화를 했어요!"

"예?"

입을 벌렸지만 말이 나오지 않았다. 그사이에 헬기가 착륙을 했다.

"쉐프!"

먼저 달려 나온 건 맥이었다. 그가 달려와 장태를 안아 들었다.

"미안합니다. 당신이 결국 해냈군요."

맥은 장태를 안고 뱅글뱅글 돌다가 함께 쓰러져 버렸다. 쓰러지고서도 그의 입은 닫히지 않았다.

"진짜 고맙습니다. 당신에게 함부로 한 거 평생 속죄하며 갚을게요."

흥분한 그는 자기 얼굴을 장태에게 문질러댔다. 그때까지도 어안이 벙벙하던 장태. 빌이 윌슨을 휠체어에 태워 나오고서야 제정신으로 돌아왔다

"쉐프!"

윌슨이 조용히 입을 열었다.

"회장님……."

"고맙네."

그가 장태의 손을 잡았다. 장태는 윌슨의 얼굴을 보지 않았다. 장태가 본 건 윌슨의 오방색이었다. 흔적조차 찾기 힘들던 빨강이 다른 네 가지 색 사이에서 출렁이는 게 보였다. 하지만 안심할 만큼 씩씩하지는 않았다.

"서두르세요. 회장님의 말문은 오래가지 않습니다."

장태가 소리쳤다. 계산상으로는 길어야 두세 시간 정도. 기자회견장까지 한 시간 반이 걸린다면 그로부터 30분 이내에 발언을 해야 하는 상황이었다. 그것도 아주 짧게.

"두 시간이라고요?"

빌이 물었다.

"예!"

"로리, 들었지? 임원들에게 연락해서 기자회견 장소를 헬기 착륙이 가능한 빌딩으로 옮기라고 전해."

빌은 서둘러 휠체어를 밀었다.

투타타다!

다시 헬기의 프로펠러가 돌기 시작했다. 그때 솥뚜껑 같은 손 하나가 장태의 팔뚝을 당겼다. 맥의 손이었다.

"쉐프, 당신 자리는 VIP석에 준비해 두었습니다."

"맥, 회장님은 시간이……."

"서둘러요. 아무리 급해도 당신을 데려다주고 갈 겁니다."

"하지만……."

"이건 아버님의 명령이기도 합니다."

맥이 웃었다. 각이 풀린 그의 미소도 제법 푸근해 보였다.

『궁극의 쉐프』 7권에 계속…